LES DRAMES DE L'HISTOIRE

LA MAISON DU SABBAT

Par RAOUL DE NAVERY

LIBRAIRIE BLÉRIOT
HENRI GAUTIER SUCCESSEUR, 55, QUAI DES GRANDS-AUGUSTINS, PARIS

LA MAISON DU SABBAT

Par RAOUL DE NAVERY

I

UNE NUIT TERRIBLE

Dans une pauvre cabane bâtie sur la lisière d'un bois dépouillé par l'hiver, une très jeune femme, pâle, à la physionomie inquiète, à la taille souple, mais à l'attitude craintive, berçait un tout petit enfant, qui, au moment où la jeune mère le croyait endormi, ouvrait tout à coup ses grands yeux bleus, et tendait vers elle ses bras roses. Sa mère souriait à ce jeu de l'innocence, cachait les bras rebelles sous la couverture, fermait les paupières frangées de cils bruns sous un baiser, puis elle balançait de nouveau la couchette en modulant un air sans paroles dont la mélodie naïve possédait un charme mystérieux.

Cependant, bien qu'elle surveillât Dizier avec sollicitude, la jeune femme paraissait porter le poids d'une profonde angoisse. Elle avait gardé en filant sa quenouille quelques brebis jusqu'au soir, puis était rentrée, à la nuit, dans sa triste demeure, espérant y trouver son mari; mais Donat n'était point de retour et un vague sentiment de crainte la poignait douloureusement. Elle interrompit soudainement sa chanson pour écouter, dans les profondeurs de la forêt, le sifflement du vent à travers les branchages, ou les hur-

lcments lointains des loups affamés, rôdant en quête d'une proie.
A cette époque, les pauvres gens ne possédaient point d'horloges, et
Huguette se contentait de suivre du regard le sable s'écoulant avec
lenteur dans un sablier grossier.

Maintenant, l'enfant venait de mettre ses mignons petits poings
roses sur ses yeux; son âme s'envolait vers le paradis des rêves où,
sans doute, il retrouvait les anges, quand Huguette quitta le berceau devenu immobile, et courut à la porte, qu'elle ouvrit avec une
vivacité mêlée de crainte. Le bruit d'une course rapide se faisait
entendre dans la campagne ; bientôt les pas devinrent distincts, un
homme parut haletant. Avant que sa femme eût poussé un cri de
soulagement ou de joie, cet homme se précipita dans la cabane en
repoussant la porte, tira une barre de fer, et, rassuré momentané-
ment, il tomba sur un escabeau.

— Réponds-moi, Donat, pour l'amour du Sauveur, réponds-moi,
qu'est-il arrivé?

— J'ai tué un cerf, répondit l'homme, et les gardes m'ont
reconnu... Si, pour une heure, une nuit, je suis parvenu à leur
faire perdre ma trace, il n'en est pas moins certain que je me
trouve en danger. Il s'agit de la corde : le comte de Châteauneuf a
déclaré que, si jamais j'étais pris, je paierais de ma vie mes braconnages.

— Sa femme est clémente, douce et charitable : nous lui devons
beaucoup, Donat. Tu as eu doublement tort, car une fois déjà le
comte t'avait pardonné, il ne faut pas l'oublier!

— Mais tu oublies aussi, Huguette, les coups de fouet méchants
des valets de chiens!

— Je sais, répondit la femme, j'ai vu tes blessures saignantes et
je les ai pansées... Mais n'avais-tu point mérité un châtiment, et
quand le sire de Châteauneuf pouvait exercer son droit de haute
justice, ne fut-il pas très miséricordieux à ton égard en se conten-
tant de te faire rudement punir? Tu sais bien, pourtant, à quoi tu
t'exposes en allant chaque nuit braconner sur les terres du châtelain!

Le braconnier ne répondit pas une parole; il se leva; son visage
respirait la rancune et la vengeance; il serra les poings et grom-
mela entre ses dents :

— Si jamais nous nous trouvons face à face...

— Dieu le préserve et te garde d'un malheur! Si cela arrivait, dit Huguette, songeant à la femme, que tu désespérerais, à ton enfant, qui peut être déshonoré par ta mort, tu devrais te jeter à ses pieds et demander grâce. La comtesse Mabille est mère, elle aussi, d'un bel et doux enfant; elle s'unirait à tes prières, et le comte ne la refuserait point... Il est juste et généreux, s'il se montre sévère. Bon nombre de pauvres gens lui doivent du pain, un abri, du bétail, suivant les besoins de leur existence... En défendant le braconnage, il reste dans son droit.

— C'est bien, Huguette, dit l'homme avec amertume, je connais l'antienne, toujours la même : vous prenez le parti du comte de Châteauneuf contre moi...

— Comment peux-tu parler ainsi, Donat? Tu sais bien que non. Tu ferais mieux de reconnaître franchement tes torts et de renoncer à cette vie de transes.

— Je ne peux pas! dit Donat d'un air sombre.

— Alors quittons ce pays, répondit Huguette : où tu iras, j'irai... c'est mon devoir.

— Oui, et seulement votre devoir, répliqua le braconnier amèrement.

La jeune femme se rapprocha de son mari et entoura affectueusement son cou de ses bras :

— Ce serait encore mon bonheur, dit-elle, si tu ne semblais prendre à tâche de séparer ce qu'unit la bénédiction du prêtre... Tu es bien changé, Donat...

L'homme eut un grognement d'impatience.

—Oh! ne fronce pas les sourcils et ne te mets point en colère, reprit Huguette en faisant plus douce son étreinte... Ce que j'ai à te confier serait toujours sorti de mon cœur... A cette heure où ta liberté, mon bonheur, ma vie sont compromis, écoute-moi, c'est la dernière fois que j'ouvrirai mon cœur, qui souffre et saigne... Tu sais de quelle tendresse je t'aimai... On me répétait bien que tu hantais les tavernes, que ton état de taillandier rapportait de minces profits : je te crus de préférence à ceux qui me détournaient de t'accepter pour mari. Je me persuadai que ma douceur triompherait de tes colères,

que la présence d'une ménagère attentive te retiendrait au logis. Je
calculai que ton métier deviendrait lucratif, quand, aidé d'un apprenti, tu travaillerais à ton compte... Mon père, qui jouissait du
droit de maîtrise, te le transmettait en te prenant pour gendre...
L'avenir me semblait donc plein de sourires... J'étais la plus riche
des deux, j'avais le droit de me montrer généreuse et confiante...
Je t'épousai... Dieu sait, Donat, avec quelle ferveur j'ai prié pour
ton bonheur, j'ai imploré du ciel le pouvoir de te rendre heureux,
en t'apportant l'aisance; de te faire chrétien, en t'apprenant à
prier...

— Tu ne sais dire que cela... mais je ne t'en veux pas tout de
même, dit le braconnier embarrassé.

Huguette s'était arrêtée un instant; un sanglot montait à ses lèvres. Elle regarda longuement son mari qui, appuyé contre le bahut, semblait plongé dans des pensées amères, puis elle reprit, avec
un douloureux sourire :

— Mon espérance fut vite détruite; un mois après notre mariage,
tu retournais à la taverne; je restais seule à attendre, à pleurer...
Mon père mourut sans savoir que ma vie était brisée. Si tu me
revenais parfois avec des élans de tendresse, tu ne tardais point à
retomber dans tes dérèglements... La clientèle nous quittait, l'argent
manqua, le dégoût de la vie paisible te prit... Un homme, dont
l'empire sur toi me faisait peur, Jacquet, t'entraîna durant un mois
hors du logis... Quand tu y rentras, l'expression d'indifférence et
de paresse que je voyais d'ordinaire sur ton visage faisait place à
la colère, à la hardiesse. Pendant cette absence, tu avais subi un
changement complet.

— Laisse donc Jacquet tranquille, fit Donat avec impatience.

— Non! repartit courageusement Huguette : n'est-il pas venu
jeter le trouble dans mon foyer? Je parlerai donc !

Jacquet passa huit jours à la maison ; quand il te quitta, j'appris que nous allions abandonner la demeure dans laquelle j'avais
grandi... Je te suppliai de renoncer à ce projet, tout fut inutile...
Mon devoir était d'obéir, Donat, et j'obéis; le Sauveur me conso-
lait par le souvenir de sa Passion; et quand mon petit ange me fut
donné, quand j'eus Dizier entre les bras, je ne songeai plus à me

plaindre, et je pensai que l'enfant obtiendrait ce que tu me refusais... Hélas ! encore une illusion envolée pour la mère, une espérance perdue pour la femme !

J'appris bientôt que tu vivais de braconnage, et mon existence devint une torture ; chaque absence me révélait un danger... Je perdis le sommeil, je tombai malade ; moi, jadis fraîche et robuste, je devins une ombre... Je ne voulais pas mourir, pourtant : j'avais Dizier. Je devais vivre pour notre enfant ! Entre tes ivresses et tes braconnages de nuit, tu tentais encore, parfois, de me faire croire que toute tendresse n'était pas éteinte... Mais ces mouvements de regret s'effaçaient vite... Mes pleurs t'accusaient, mon désespoir te froissait, et chaque jour tu allais plus avant dans la route conduisant au précipice...

Quand tu fus pris, il y a deux mois, et conduit devant le comte de Châteauneuf, je sentis que je t'aimais encore en dépit de tes vices ; mes larmes obtinrent pour toi grâce de la vie... Hélas ! il me fut impossible de t'épargner un châtiment honteux, dont le souvenir remplit ton cœur de haine... Donat, je t'en conjure, ne cherche ni la lutte ni la vengeance, tu trouveras la justice... Tu veux partir, allons où tu voudras... Est-ce que je tiens à cette cabane dans laquelle je n'ai passé que des jours d'angoisse et de deuil !... Reprends ton état ; pour ma part je suis habile à tous les travaux de femme ; partons pour la ville, je saurai bien trouver dans Rouen, la ville aux églises magnifiques, le moyen de filer du fil valant celui de Flandre ; tu redeviendras taillandier, et la joie, la tranquillité rentreront au logis... A ce prix, sur une promesse, sur un mot, je te suivrai, j'essaierai de reprendre confiance, je mettrai l'enfant dans tes bras, et ce sera un premier signe de pardon ; le veux-tu, Donat, dis, le veux-tu ?

Un moment, le braconnier parut touché par cette tendre soumission, par cette douceur miséricordieuse ; son regard se leva moins farouche vers la jeune femme suppliante et il allait lui répondre, quand, tout à coup, la lueur d'une torche parut au loin dans la forêt. En même temps, des appels et des cris de ralliement se firent entendre à une faible distance.

— On me cherche ! Ce sont eux ! dit Donat en bondissant 'épou-

Elle avait gardé, en filant, ses quelques brebis. (*Voir page* 2.)

vanté vers la petite fenêtre, les gardes-chasse de messire de Châteauneuf sont à ma poursuite !

— Pars, Donat ! pars vite ! sauve-toi ! s'écria Huguette avec désespoir.

— Oui, je pars, Huguette, répondit le braconnier ; je reviendrai ici prochainement, la nuit, quand j'aurai accompli ce qui me reste à faire, acheva-t-il d'un air sombre...

— Ah ! je ne peux pas te laisser ainsi aller seul ! fuyons plutôt ensemble ! dit Huguette.

— Cela ne se peut, pauvre femme ; ne vois-tu pas que ta présence ici me protège encore...

Le braconnier gravit aussitôt une échelle et, arrivé au dernier échelon, il souleva avec rapidité la trappe d'un petit grenier ; dès qu'il y eut pénétré, il renversa l'échelle d'un coup de pied et rabattit la trappe derrière lui.

L'étroit réduit dans lequel il se trouvait avait à peine quelques pieds carrés ; le toit, en pente, mal couvert en paille, s'abaissait des deux côtés : vers le milieu, les lattes et les chevrons fléchissaient, et le chaume s'affaissait d'une façon sensible ; Donat arracha quelques lattes, ménagea une ouverture, par laquelle il lui fut facile de passer, puis, se haussant au-dessus du trou, il se trouva sur le sommet de la toiture. Il vit les lumières s'approcher de la cabane, il entendit des mots confus et des indications précises. Alors, assujettissant son couteau de chasse à sa ceinture, il se dressa sur le toit, saisit à deux mains la forte branche d'un chêne, qui, dans la belle saison, enveloppait la cabane d'ombre et de fraîcheur, puis, grâce à sa vigueur et à une prodigieuse agilité, il s'enleva à la force des poignets, et gagna le coude formé par de maîtresses branches. Avançant avec précaution dans ce chemin aérien, il passa d'arbre en arbre à une certaine distance, et au moment où ceux qui le cherchaient cernaient sa maison, il se trouvait en sûreté.

— Bah ! dit un des gardes, les fenêtres sont fermées, le sanglier est dans sa bauge... Gardez les ouvertures, nous ferons ouvrir la porte...

Un coup frappé à l'aide d'un épieu ébranla la cabane, l'enfant s'éveilla et se mit à pleurer ; Huguette, ne sachant pas si son mari se trouvait encore dans le grenier, ou avait eu le temps de gagner la campagne, tremblait de tous ses membres, et ne pouvait se décider à ouvrir.

— Nous cherchons Donat, dit une voix rude ; ouvrez, la Huguette, ou nous mettons le feu au logis !

La jeune femme prit l'enfant dans ses bras, avec l'admirable instinct des êtres faibles, comme pour se faire un bouclier de cette innocence, et tira la barre de fer.

— Donat ? dites-nous où est Donat, votre mari ? demanda durement un des gardes.

— Je ne le sais point, répondit Huguette, et vous n'ignorez pas qu'il reste plus d'heures dans les cabarets qu'ici... Il n'est pas encore rentré, à cette heure. Allez à la taverne prochaine, vous l'y trouverez peut-être.

Deux des hommes pénétrèrent hardiment dans la masure, l'inspectèrent du regard ; un troisième bouscula les quelques meubles, renversa la couche de paille du misérable logis.

— Je sais bien que vous n'êtes pas heureuse avec ce mécréant, la Huguette, dit le garde, et vous devriez un fameux cierge à Notre-Dame de Cléry, que tant honore le roi notre sire, si l'on vous en débarrassait... Parlez donc sans feintise, la Huguette, Donat est-il rentré ce soir ?...

— Donat oublie sa femme et son enfant ; je n'ai que cela à vous répondre...

— Vous auriez tort de le défendre ; et mieux vaudrait tout avouer...

— Je n'ai rien à dire de plus que ce que je viens de vous dire, répéta Huguette ; vous devez me savoir assez malheureuse pour ne point ajouter à mon chagrin...

— Allons ! venez, vous autres ! dit Laurent, le chef des gardes-chasse ; inutile de mettre ainsi tout sens dessus-dessous ; la maison est vide, vous le voyez bien !

— Ce que je sais, répondit Marc, c'est que le misérable qui nous tient sur pied depuis tant de nuits est entré ici, et qu'il doit s'y trouver encore... Il a posé sa main sur ce bahut, et j'y trouve une trace de sang.

— J'ai tué un maigre poulet que j'élevais, dit rapidement Huguette.

— Non, la Huguette, répliqua Laurent, c'est là un subterfuge indigne de vous : c'est aujourd'hui vendredi, et vous êtes trop bonne chrétienne pour désobéir à l'Église ; Donat est entré ici, j'en jurerais... Eh ! pardieu, il y a une trappe au plafond ; dressez l'échelle, vous autres...

Huguette, la mort dans l'âme, serra plus fort son enfant sur son sein, et implora d'un long regard éploré le crucifix placé au-dessus du berceau de l'enfant.

Laurent gravit les échelons à longues enjambées et pénétra dans le grenier, le fouilla dans tous les recoins, mais il le trouva vide ; le désordre qu'il signala dans la toiture apprit à ses camarades par quelle issue Donat venait de s'évader.

— Il n'y a qu'un misérable comme lui pour se lancer de cette hauteur à terre sans se briser les jambes ! dit Laurent... C'est à faire croire que quelque démon le protège !... Allons ! pour cette nuit encore, nous avons fait buisson creux... Mais, j'en jure par mon baptême ! je prendrai ma revanche ; mort ou vif, Donat me tombera entre les mains.

— Mort ou vif, il n'en vaudra guère mieux ; je ne donnerais pas un sou parisis de sa peau.

Les gardes redescendirent dans la salle basse, où Huguette les attendait avec angoisse.

Elle poussa un long soupir de soulagement et prononça quelques mots d'action de grâces en voyant la déception des gardes du comte de Châteauneuf.

— Sainte Vierge ! dit-elle, défendez de tout mal celui que Dieu me commande d'aimer en dépit de ses fautes !

Si sévères qu'ils fussent à l'égard des braconniers chassant sur les terres du sire de Châteauneuf, il ne vint à la pensée d'aucun des gardes de rendre Huguette en partie responsable des méfaits de son mari. On la savait trop digne pour la croire complice de Donat. Dans le pays, la douceur, la beauté de la jeune femme, les chagrins immérités dont elle supportait le fardeau sans se plaindre lui assuraient le respect de tous ; et Laurent, le plus acharné des gens du comte lancés à la poursuite de Donat, ne put s'empêcher de dire, en voyant les regards d'Huguette tournés vers le crucifix, et ses lèvres pâles s'agitant pour une prière :

— Pauvre sainte créature !

Et, moitié par pitié pour Huguette, moitié par hâte de sortir d'une maison qui lui valait l'échec d'une visite inutile, Laurent entraîna ses camarades. A cette heure, toute poursuite était impossible à travers la forêt.

Sitôt que les gardes eurent disparu, Huguette replaça Dizier dans son berceau ; mais cette fois elle ne chantait point pour l'endormir, et, tandis que sa main balançait le petit ange, de grosses larmes roulaient sur ses joues. Toute la nuit se passa dans une douloureuse veillée ; la tempête secouait les arbres avec des bruits lugubres ; des hurlements sourds s'entendaient dans les profondeurs du bois ; de livides éclairs sillonnaient le ciel, et l'infortunée se demandait, tremblante, si la foudre n'écrasait point à cette même heure celui qu'elle attendait avec une impatience désespérée.

A l'aube, le vent se calma. Huguette n'espérait plus voir rentrer Donat, la cabane devait être surveillée. L'idée lui vint d'aller se jeter aux genoux de la comtesse Mabille, dont elle connaissait la bonté ; mais si grande était l'obéissance de la femme du braconnier aux ordres de ce terrible maître qu'elle résolut d'attendre sa visite, afin d'agir à son commandement. Une partie du jour, en dépit du froid, elle resta debout sur sa porte, sondant l'horizon de ses regards inquiets ; vers le coucher du soleil, entendant le galop d'un cheval, elle regarda du côté d'où provenait le bruit, et, reconnaissant le comte Gervais de Châteauneuf, bien équipé, bien monté, et suivi d'un seul page, elle se cacha vite, dans la crainte d'être aperçue.

Le repas du soir préparé, elle reprit sa place près du berceau ; trop d'angoisses bouleversaient son âme pour qu'elle eût le courage de souper ; mais elle attendait Donat, et pensait qu'il rentrerait affamé par deux jours de jeûne. Combien de fois renversa-t-elle le sablier ? Combien de fois récita-t-elle celles de ses prières qu'elle crut capables de toucher le cœur de Dieu ? Les anges seuls le surent. Si ses craintes éloignaient un sommeil réparateur, l'engourdissement de la fatigue commençait à paralyser ses membres ; des bourdonnements confus troublaient son cerveau ; la pensée s'éteignait dans sa tête fatiguée; elle s'abandonnait à une sorte d'évanouissement de l'âme et du corps; quand soudain elle tressauta sous la pression violente d'une main qui lui serrait l'épaule :

— Debout! debout! dit Donat d'une voix brève et frémissante ; prends l'enfant dans tes bras, enveloppe-toi de la moins mauvaise de tes mantes et partons !

— Partir? demanda Huguette soudain debout à l'injonction impérieuse de l'homme. Où allons-nous?

— Droit devant nous! Le monde est grand! Nous aviserons plus tard... dit Donat avec brusquerie.

Il saisit le morceau de pain placé sur la table, vida à demi le broc d'eau ; puis, tandis que la femme tremblante enlevait Dizier de sa couchette et le serrait sur son cœur, Donat jeta sur les épaules de sa femme une sorte de lambeau noir, la poussa hors de la masure ; puis, saisissant la pauvre lampe de terre, il la renversa dans le foyer au milieu de brindilles de fougère, brisa un escabeau qu'il plaça dans la cheminée, y joignit une table boiteuse, et, croyant avoir suffisamment préparé son œuvre de destruction, il sortit à son tour.

En voyant Huguette si tremblante, en songeant à l'enfant qu'elle tenait dans ses bras, et plus encore, sans nul doute, à quelque lamentable scène dont le souvenir mettait à son front une lividité sinistre, Donat se sentit pris d'une sorte de pitié pour les martyrs de ses fautes. Sa main chercha celle de la jeune femme, et ce fut d'une voix qui pénétra jusqu'à cette âme endolorie qu'il dit à Huguette :

— J'essayerai de te faire oublier !

Tout à coup, au milieu de la nuit noire, éclata soudainement une grande lueur qui empourpra la campagne : la femme du braconnier tourna la tête.

— Ce n'est rien! dit Donat, c'est notre maison qui brûle...

Huguette baissa la tête; elle n'avait plus d'abri, et dans le morne compagnon qui marchait près d'elle, l'infortunée n'était pas sûre de ne pas trouver un bourreau.

Revêtue d'un costume bizarre, elle évoquait Satan. (*Voir page* 22.)

II
LA MAISON DU SABBAT

Quand le jour se leva, les proscrits avaient parcouru plus de

Revêtue d'un costume bizarre, elle évoquait Satan. (*Voir page* 22.)

II
LA MAISON DU SABBAT

Quand le jour se leva, les proscrits avaient parcouru plus de quatre lieues ; évidemment, les gardes n'étaient plus sur leurs traces ; il devenait possible de se reposer et de songer à l'avenir.

A quelque distance de la route, la jeune femme vit un bouquet de saules annonçant un ruisseau ; elle désigna ce lieu de la main ; Donat la suivit sans rien dire... Épuisé par les émotions des deux terribles nuits qu'il venait de passer, il tomba lourdement sur l'herbe en poussant un soupir rauque comme un sanglot. Huguette tourna les yeux vers lui ; une parole de tendre compassion montait à ses lèvres ; elle soulevait l'enfant pour le remettre dans ses bras en signe de pardon, quand, portant ses regards sur le visage de Donat, elle resta la main étendue vers lui, pâle d'effroi, tremblante, effarée ; puis, sa main frêle saisissant le cou robuste du braconnier, elle le força de baisser son visage vers le ruisseau paisible.

La figure du braconnier s'y réfléchit comme dans un miroir.

De larges taches de sang tranchaient sur sa pâleur livide.

Un frisson secoua le corps du misérable, il plongea ses mains dans l'eau, lava son visage, l'essuya avec une sorte de rage, puis il resta perdu dans une terrible pensée.

Huguette se leva.

— Marchons ! dit-elle, nous ne sommes pas encore assez loin...

Si brisée qu'elle fût, elle retrouva de l'énergie, et penchant son pâle visage vers celui du petit ange qui sommeillait :

— Mon enfant ! dit-elle, mon pauvre enfant !

Donat hâtait le pas. On eût dit, à voir ce groupe étrange, courbé sous le poids d'une malédiction inconnue, la famille de Caïn fuyant la hutte de branchages où Adam et Ève pleuraient sur le corps d'Abel... Et cependant il ne vint pas à l'idée de cette femme de laisser seul le mari dans lequel elle voyait un meurtrier. Si grande lui semblait la loi du mariage qui la liait à Donat, que la pensée de s'enfuir avec son enfant ne la troubla pas même dans sa plus grande douleur. Huguette ne se révolta pas contre le poids de la croix qui tombait sur ses épaules ; elle chercha ailleurs qu'en elle-même la force de soulever son fardeau ; les regards fixés vers l'invisible Modèle, elle marcha, les pieds nus et sanglants, le front écrasé par la honte, à la suite de l'homme qui n'osait pas la regarder.

Elle eut faim, et, montrant à une jeune mère le petit Dizier, elle
tendit la main sans crainte : ces deux maternités se comprenaient
trop pour que la charité de l'une humiliât la misère de l'autre.

Le quatrième jour après son départ de la seigneurie de Châteauneuf, Huguette aperçut à l'horizon des flèches d'églises, des toitures
de monastères ; elle entendit des sons de cloches se répondant de
leurs voix de bronze et d'argent ; au loin se déroulait la ligne bleue
d'un grand fleuve. Les fugitifs approchaient d'une populeuse cité.

Donat se tourna vers Huguette :

— Rouen ! dit-il.

L'infortunée ressentit une sorte de soulagement. Dans une grande
ville, elle était sûre, grâce à son rare talent de filandière, de gagner
aisément le pain de Dizier ; peut-être Donat, épouvanté de son
crime, chercherait-il à l'expier et tenterait il d'exercer son métier
de taillandier. Une autre pensée se joignit, pour consoler Huguette,
à cette vague espérance : parmi tant d'églises ouvertes à la piété
des fidèles, une au moins se trouverait voisine de sa future demeure
et quand une douleur trop violente remplirait son âme d'amertume,
quand sa lèvre frémissante se détournerait du calice de fiel, elle
irait dans la maison de Dieu, suprême asile des délaissés ; elle
épancherait son cœur ; elle présenterait son enfant, son bel enfant
innocent à la bénédiction des prêtres, au toucher des reliques ; elle
le mettrait sous la garde des saints et la protection de Madame la
Vierge, et tant supplierait la pauvre âme qu'il plairait au Dieu de
miséricorde de lui octroyer consolation.

Les regards craintifs d'Huguette se tournèrent du côté de Donat ;
celui-ci étendit le bras du côté d'une côte ardue, et, pressant le pas,
il força la mère de Dizier à le suivre, en dépit de sa lassitude. La
partie écartée de la ville vers laquelle se dirigeait le braconnier
portait alors le nom chrétien de Sainte-Catherine ; mais les vieilles
chroniques mentionnaient que cette montagne s'appelait Turinge,
au temps où Jules César, s'emparant du pays rouennais, fit raser le
fort couronnant la colline et désigna la ville conquise pour devenir
la résidence du *præfectus militum ursariensum*. Depuis bien des
siècles, les traces de la domination romaine avaient disparu de la
cité rouennaise ; mais, de temps à autre, une fouille entreprise

pour la construction d'un nouvel édifice, le hasard ou la fantaisie d'un enfant creusant le sol crayeux, mettaient à découvert des médailles de bronze, des débris de poterie, des restes de mosaïques jadis précieuses.

Donat abandonna le chemin tracé montant de la ville à la colline et, obliquant vers la droite, il commença à gravir la côte. En dépit du courage dont elle avait donné tant de preuves, Huguette se sentit faiblir. A mesure qu'elle abandonnait les longues rues, les ruelles étroites de la ville, à mesure qu'elle gravissait la côte ardue de Sainte-Catherine, il lui semblait qu'elle avançait davantage sur la route de son calvaire, et laissait derrière elle une suprême espérance de repos et de quiétude. Où allait-elle? Quelle demeure pouvait s'ouvrir devant ses pas au milieu des mouvements accidentés de la colline dont les pierres se trouvaient mêlées à d'antiques débris : médailles de pierre gardant, comme le bronze, des empreintes capables de résister à l'effacement dont l'accumulation des siècles frappe toute œuvre humaine. Depuis son départ de la cabane bâtie sur la lisière de la forêt appartenant au comte Gervais de Châteauneuf, Huguette s'était efforcée de lutter contre l'accablement de son âme et la fatigue de ses membres; mais, à cette heure, n'en pouvant plus, elle tomba sur le sol, le visage tourné vers les tours Notre-Dame, cherchant une bénédiction de Dieu dans la contemplation de sa maison, et un signe de miséricorde dans la voix des cloches sonnant la prière.

Le jour tombait rapidement et presque sans crépuscule adoucissant les premières ténèbres; la nuit enveloppa de ses voiles le fleuve endormi, les maisons de la ville, puis les murailles des couvents; seuls les clochers de Saint-Ouen, de Saint-Malo, de Notre-Dame gardèrent les derniers rayons du soleil; les roses des portails éclatèrent comme des fleurs célestes, puis les clartés posées sur les dômes, les croix et les tours s'éteignirent, la nuit étouffa de son poids la lumière expirante, et de rares clartés, que ne devait point tarder à faire disparaître le cri du veilleur, s'allumèrent seules derrière les vitraux plombés des plus riches maisons de la ville. Donat respectait-il le silence et le repos d'Huguette? Sur le point de se trouver en face d'une nouvelle voie, se demandait-il ce qu'il

allait faire ? Cherchait-il une inspiration dans le son vague des
cloches faiblement balancées au sein des pieux monastères, et s'in-
quiétait-il des ressources que la ville pouvait lui offrir ? Il ne le
révéla point à sa femme à demi mourante ; mais, enjambant
quelques roches, il se trouva en face d'une porte étroite, que l'on
eût dit ménagée dans les flancs mêmes de la colline.

C'était cependant la porte d'une maison. Seulement, celui qui
l'avait bâtie, profitant des accidents de terrain, mettant en œuvre
des matériaux provenant, sans nul doute, des vieux forts romains,
simplifiant son double labeur de maçon et d'architecte, abandonna
à la nature complaisante le soin d'achever son œuvre imparfaite.
Chaque printemps sema des fleurs dans les interstices des pierres ;
des racines de plantes consolidèrent les matériaux disparates ; un
lierre embrassa de ses multiples bras la demeure mystérieuse, assez
semblable à celle des Troglodytes, et les ouvertures des portes et
des fenêtres soigneusement ménagées ; un appentis bon pour abri-
ter un âne ou un bidet fut suffisamment mis d'aplomb ; et le maître
de cette demeure put se trouver mieux dans son étrange maison
que plus d'un habitant des faubourgs de la ville.

Donat tira une clef de sa poche, la fit tourner dans la serrure
rouillée, battit un morceau de fer contre un silex, alluma dans la
salle basse une branche de sapin ; puis, revenant vers Huguette, et
la trouvant à moitié glacée, sans souffle, il l'enleva dans ses bras
avec une sorte de rugissement sauvage, bondit dans la demeure dont
il prenait possession d'une aussi étrange manière ; ensuite, la posant
sur une couchette disposée dans l'angle le plus étroit, il souffla sa
chaude haleine sur le front violacé, frotta les pauvres mains inertes,
et multiplia des soins empressés pour ranimer ce corps brisé de
fatigue et réveiller les battements du cœur qui ne répondait plus
quand il l'interrogeait.

Enfin un soupir souleva la poitrine d'Huguette, ses paupières
battirent, ses doigts s'agitèrent.

— Elle vit, elle vit ! s'écria Donat avec une sorte de contentement sauvage.

Si misérable que fût cet homme, la joie qu'il ressentit le trans-
figura un instant : Huguette, en revenant au sentiment de

l'existence, rencontra fixé sur elle un regard plein d'angoisse ; elle
tressaillit : — Donat l'aimait donc encore ! Elle pouvait espérer le
ramener vers le bien. Tout bon sentiment n'était pas éteint dans
cette âme troublée. Le soulagement qu'elle ressentit, au moment où
cette impression traversa sa pensée, fut si fort qu'elle avança les
mains vers Donat, sans songer qu'elle avait vu sur ces mains
rugueuses des taches rouges qui étaient des taches de sang.

— Dors ! dit Donat d'une voix adoucie ; nous sommes en sûreté
et Dizier repose.

Le braconnier étendit la pauvre mante d'Huguette sur la couche,
roula l'enfant dans un lambeau de serge ; puis il tomba sur un
escabeau, les bras étendus sur la table, la tête appuyée sur les
bras, et il s'endormit.

Les rayons de midi frappant la couchette de la jeune femme la
réveillèrent. Donat sommeillait encore. Elle se leva, passa quelques
vêtements à la hâte, et parcourut du regard la maison bizarre dans
laquelle elle était destinée à vivre.

L'inspection qu'elle en fit rapidement n'était point de nature à
rassurer cette âme craintive, dont l'unique force reposait en Dieu,
dont le seul mobile de courage était dans le sentiment du devoir
accompli.

Sur les murailles crépies à la chaux, mais que l'humidité verdis-
sait par plaques, tandis que le salpêtre les effritait en certains
endroits, on distinguait encore des figures mal esquissées, dont les
lignes frustes ressemblaient, par leur précision naïve, aux signes que
nous trouvons dans les hypogées, aux caractères barbares creusés
dans les larges pierres des dolmens druidiques... Des figures de
coqs placées au milieu de trois cercles, l'image d'un bouc haut en-
corné, des feuilles de fougère, des images de hiboux, des appa-
rences de fantômes, de vampires, des lignes heurtées représentant
grossièrement des squelettes composaient une sorte de fresque
effrayante ; à la solive du plafond pendait un crâne noirci servant
jadis de lampe ; un grand vase destiné à des expériences d'hydro-
mancie, un tamis rongé par les rats, des feuillets de parchemin
racornis gisant sur un bahut, et le squelette d'un énorme batracien,
enveloppé d'un manteau d'étoffe verte bordé d'une sorte de galon

terni, plongèrent Huguette dans un indescriptible effroi.

Quelle pouvait être cette demeure? À quel abominable métier se livrait celui qui le dernier en franchit le seuil?

Huguette ne put le deviner d'une façon absolue; mais ces images bizarrement rapprochées, ce qu'elle avait entendu raconter de maints procès de sorcellerie la convainquirent que la demeure dans laquelle son mari la condamnait à vivre avait été celle d'une créature vendue à Satan.

La jeune femme prit le reste de la branche de sapin qui se consumait dans une fourche de fer, la jeta dans la cheminée, alluma le feu, et, le transformant en bûcher, elle se servit pour l'alimenter du tamis qui tournait jadis afin de dénoncer les voleurs, du bâton de cormier servant à la chevauchée du sabbat, de la baguette de coudrier douée d'un pouvoir divinatoire pour faire jaillir les sources de terre; enfin de l'énorme crapaud vêtu de vert qui trônait sur le bahut couvert d'une poussière grouillante de vermine. Il ne fut point possible à Huguette d'enlever de même les signes cabalistiques tracés sur la muraille, mais elle balaya le sol, ouvrit les fenêtres, laissa pénétrer l'air dans cette demeure insalubre, frotta les meubles, et voyant Donat détirer ses bras, elle lui demanda :

— Qu'allons-nous faire?

Son mari ouvrit le tiroir d'un bahut, y prit un petit sac de toile dans lequel il puisa quelques pièces de monnaie, puis il dit à sa femme :

— Descends vers la ville, et rapporte des provisions.

— A qui appartient cet argent? demanda Huguette.

Les noirs sourcils de Donat se froncèrent; mais, domptant ce premier mouvement de colère, il répondit :

— A l'ami qui nous prête cette demeure.

— Lugubre maison, Donat, argent maudit, peut-être; mais l'enfant s'éveille, la faim nous épuise, et nous devons reprendre des forces afin de travailler et de gagner notre vie... Je remettrai sur le produit de mon labeur les sous parisis que vous puisez dans cette bourse.

— Soit! dit Donat.

— Et puis, reprit Huguette, je voudrais savoir encore ce que signifient les dessins terribles courant autour de cette muraille...

— Ils disparaîtront! reprit Donat.

La jeune femme courba la tête, sortit de la maison et descendit vers la ville.

Malgré la curiosité qui la portait à prendre des renseignements sur le misérable logis de la colline Sainte-Catherine, elle n'osa point s'attarder, et, remettant à un autre jour la satisfaction d'apprendre l'histoire de cette demeure, n'osant pas même entrer dans les belles églises dont les cloches sonnaient à toute volée, Huguette regagna la maison où l'attendait Donat. Elle servit le repas, répara ses forces épuisées, se consola en voyant sourire son cher petit; puis, reprenant courage, elle demanda à son mari :

— Qu'allez-vous faire pour gagner votre vie?

— J'exercerai mon état de taillandier, répondit Donat.

Cette parole rasséréna un peu la jeune femme, et l'encouragea à donner meilleure apparence à sa demeure; elle ramassa sur la colline des herbes odoriférantes et les répandit sur le sol; les vaisseaux de cuivre et de terre s'étalèrent sur un meuble avec un peu de symétrie; puis, quand tout fut en ordre autour d'elle, et tandis que son mari descendait vers la ville, Huguette quitta la côte Sainte-Catherine et, son enfant dans les bras, elle s'achemina vers l'église.

Le long du faubourg, elle avisa des filandières; la timidité l'empêcha d'abord de leur adresser la parole, afin de s'enquérir comment elle trouverait du travail; mais, voyant sur le seuil d'une maison pauvre une vieille femme en deuil essuyer de temps en temps les larmes roulant sur ses joues ridées, elle prit confiance devant cette douleur qui semblait profonde, et s'approchant, son enfant dans les bras :

— Je ne suis pas du pays, dit-elle, et je ne connais personne dans cette grande ville; pas une filandière ne m'en pourrait remontrer sur l'art de faire de beaux écheveaux de lin, et les surplis de messieurs les chanoines ne sont pas plus beaux que les nappes d'autel dont j'ai tourné le fil sur mon fuseau... J'ai mon innocent à nourrir, ne me voudriez-vous point enseigner où l'on me donnerait volontiers de l'ouvrage?

La vieille femme regarda Huguette.

— Vous êtes très pâle, dit-elle, il faut que vous ayez vécu dans l'angoisse pour comprendre à quel point nos propres douleurs nous rendent pitoyables aux maux d'autrui... Prenez ce paquet de lin... Ma vue baisse et ma main tremble... Messire Aloys Le Bouteiller, chanoine de Notre-Dame, ne m'en voudrait mie s'il apprenait que je partage mon travail avec une pauvrette comme vous... Quand vous aurez filé cela, vous me rapporterez les écheveaux...

— Merci, oh! merci! dit Huguette; vous me sauvez la vie!

— N'avez-vous donc personne pour vous gagner du pain?

— Si, répondit Huguette rougissante, mon mari connaît un bon métier, mais avant qu'il ait trouvé des pratiques...

— Je comprends, répliqua la vieille femme, vous souhaitez apporter votre part de labeur et de profit dans le ménage... A votre âge, j'étais comme vous... Jamais je n'aurais souffert que Maclou remplît seul le tiroir; je filais pour lui, puis pour les enfants. Quand tous furent morts, je filai afin de faire dire des messes pour le repos de leurs âmes.

— Ainsi, demanda Huguette, vous n'avez plus ni mari ni enfants?

— Les Anglais les ont tués! dit la vieille femme d'une voix sourde. Elle s'arrêta un moment, essuya ses paupières rougies et reprit:

— Où demeurez-vous?

— Sur la colline qui domine Rouen, à mi-côte.

— A mi-côte... Il existe une maison à moitié bâtie sur la colline et à moitié creusée dans le sol...

— Je l'habite depuis hier, dit Huguette.

La fileuse laissa rouler son fuseau à terre.

— Vous êtes une bien bonne âme ou une grande affronteuse, lui dit-elle; personne, dans ce pays, n'aurait l'audace ou le courage de vivre dans un pareil lieu... Savez-vous comment on l'appelle?

— Non, répondit Huguette de sa voix douce, en souriant à Dizier, qui venait de poser un baiser sur sa joue. Seulement, reprit-elle, je vous avoue que je me suis sentie ce matin grandement effarée, en regardant les figures dessinées sur les murailles, et que je me suis hâtée de jeter au feu des objets qui m'ont semblé effrayants et sacrilèges.

— Comment auriez-vous pu ressentir une autre impression dans la *Maison du Sabbat?*

— La Maison du Sabbat! C'est sous ce nom que ma demeure est connue?

— Oui, ma fille. Mais ne tremblez pas, ne vous troublez point : Si la malédiction du ciel peut être retirée d'une maison, c'est à l'heure où une honnête femme et où un enfant innocent en franchissent le seuil... Tenez-moi cet écheveau, je l'attacherai, tandis que je vous raconterai en deux mots cette histoire... Elle renferme bien des choses que ni moi ni les pauvres gens du pays nous n'avons comprises. Les grands clercs et les savants docteurs ont prononcé, cela doit nous suffire... De mémoire des gens du pays, personne ne sait quand fut creusée la cave de cette maison, ni comment on en a bâti les murailles... Ce que je connais remonte à ma lointaine jeunesse... Une grande fille brune comme les Égyptiennes, et parlant un langage que nul ne comprenait, vint un jour s'y enfermer. Peu à peu, à force d'écouter et de demander des leçons, elle parvint à parler le français d'une façon suffisante, et se mit à exercer son métier de jongleuse, de devineresse, lisant dans la main des hommes leur destinée, et faisant un profit diabolique de drogues auxquelles le diable seul connaissait quelque chose. Il arriva, au bout de plusieurs années, que M. Pierre de Broussart, inquisiteur d'Arras, eut à instruire le procès de deux filles appelées Demiselle et Blancqminette, lesquelles, interrogées ensemble ou séparément, s'avouèrent coupables de *vauldrie* et accusèrent l'Égyptienne de Sainte-Catherine de leur avoir enseigné des maléfices, et de les avoir associées aux Vaudois, renieurs du saint nom de Jésus et adorateurs du diable. L'Égyptienne, placée sous la loi d'Arras et sévèrement adjurée de dire la vérité, révéla que Demiselle, Blancqminette, Huguet Patenostre, et un grand nombre de gens, tous Vaudois et coupables de *vauldrie*, se rendaient la nuit dans les bois de Mofflaine où, revêtue d'un costume bizarre à tête d'épervier, elle évoquait Satan et parodiait les cérémonies du culte. Elle avoua de plus avoir profané des églises, caché et détenu des vases sacrés, percé une hostie de coups de poignards, et mille autres abominables sacrilèges, lesquels attirèrent sur sa tête une condamnation terrible. M. le doyen d'Arras, nommé Jacques Dubois, l'admonesta publiquement et par trois fois; rien n'y fit, et Demiselle, Blancqminette, et l'Égyptienne furent arses un jour de marché, en expiation de leurs méfaits et sorcelleries. Vous comprenez que, depuis le jour où la gitane fut extraite de sa demeure afin d'être conduite à Arras, nul dans le pays n'osa franchir le seuil de sa maison... Vous l'avez fait; peut-être y aurait-il crédulité coupable à croire que cela vous portera malheur; vous possédez un bel enfant et vous semblez une douce créature. Je me sens toute prise d'amitié pour vous. Si vous filez comme vous le dites, ne craignez point de manquer de travail.

Deux larmes humectèrent les paupières d'Huguette.

— Tout à l'heure, je reviendrai prendre le lin que vous voulez bien me confier, dit-elle; auparavant, je souhaite aller prier dans cette belle église dont les tours portent jusqu'au ciel la croix du Sauveur.

Huguette gagna la basilique de Notre-Dame, et s'agenouilla dans la chapelle renfermant les reliques du glorieux saint Romain.

Autant la lumière tombait éclatante au dehors sur la campagne dépouillée et sur la cité industrieuse, autant l'ombre et le silence se faisaient dans l'antique cathédrale. Mais cette ombre se peuplait de visions mystérieuses; au sein de ce silence vibraient des bruits indistincts : ailes d'anges se déployant au-dessus du tabernacle, crépitement de la lampe se consumant devant l'autel, pétillement des cierges laissant tomber de larges gouttes de cire sur les chandeliers de fer dressés devant les images miraculeuses et les châsses des saints; chuchotement de la prière enfantine, sanglots étouffés de la douleur humaine, pas légers glissant sur les dalles, agenouillements humiliés du pécheur; tout cela doux, mystérieux, empreint de piété, de grâce, de pudeur, soupir de la terre appelant la clarté, la consolation, la paix; frémissement d'un bruit, comme si un « vent impétueux » s'engouffrait dans ce cénacle, laissant passer à la fois la colombe mystique et les langues de feu de l'inspiration.

La pauvre Huguette, simple, ignorante, sentit tout cela plus qu'elle n'aurait pu l'exprimer. Elle demeurait agenouillée, le corps appuyé sur ses talons, la tête penchée en arrière, soutenant son petit enfant devant l'image du Sauveur des hommes, à la façon dont elle eût présenté une offrande. Huguette, à cette heure, était

bien loin de la Maison du Sabbat; elle oubliait le drame dont le bois
de Châteauneuf gardait le mystère, son âme de chrétienne se désal-
térait à la source sacrée jaillissant du cœur du Maître avec la dernière goutte de son sang. Les rayons du soleil, jouant à travers la
rosace, coloraient le rose visage de Dizier et du nimbe d'un saint
évêque se détachait un rayon d'or posé comme une auréole sur les
cheveux blonds du petit ange.

Après avoir longtemps prié, Huguette se leva, rassérénée, for-
tifiée, assez forte pour soutenir une lutte difficile, assez résignée
pour endurer le martyre.

Quand elle revint au logis de la vieille fileuse, celle-ci la
reconnut à peine.

— Ma fille, dit-elle, je ne suis plus inquiète de toi; habite où tu
voudras : ceux qui trouvent au pied de l'autel les consolations que
tu y as puisées sont les enfants préférés du Sauveur.

— Comment vous appelez-vous? demanda Huguette à sa nouvelle amie.

— Isabeau.

— Je prierai Dieu pour les âmes qui vous sont chères! dit la
femme du braconnier.

Au moment où Huguette recommençait à gravir la côte de Sainte-
Catherine, un prêtre à cheveux blancs la descendait; il jeta un regard compatissant sur la jeune mère, et, se demandant de quel
côté elle se dirigeait, il attendit.

La vue du prêtre fit jaillir une inspiration du cœur de Huguette;
elle s'avança avec un respect exempt de crainte.

— Messire, dit-elle, la maison dans laquelle je trouve un abri
garde, paraît-il, méchant renom; j'ignore si Satan y apparut; mais
je vous prie de la bénir au nom du Sauveur.

Le chanoine de Notre-Dame leva gravement la main du côté du
logis habité jadis par l'Égyptienne; puis il posa ses doigts trem-
blants sur le front de Dizier.

— Bienheureux ceux qui ont le cœur pur! murmura-t-il.

Quand Huguette franchit le seuil de la Maison du Sabbat, elle
souriait; la prière, le travail y pénétraient avec elle; le démon
exorcisé avait été à jamais vaincu.

Elle priait en marchant au supplice. (*Voir page* 27.)

III
HISTOIRE DE LA GARGOUILLE

Donat, grâce à son habileté, ne tarda point à trouver du travail ;
il disposa son appentis en atelier et se mit résolument à la besogne.

Un notable changement se manifesta même dans sa conduite : il passa les soirées à la maison, et, sans demander pardon à Huguette des chagrins qu'il lui avait causés, il parut souhaiter vivement qu'elle en perdît le souvenir. La pauvre âme ne connaissait point la rancune ; son cœur se rouvrit doucement à l'espérance, et plus d'une fois, tandis qu'elle filait le lin confié par Isabeau, elle se prit à chanter dans la maison lugubre hantée par le souvenir de l'Égyptienne et de ses adeptes en *vauldrie*. Le ménage n'était pas riche, mais il prospérait lentement. Si Donat avait surmonté la profonde tristesse à laquelle il restait en proie, le bonheur fût sans doute rentré dans la famille ; mais le malheureux gardait le poids d'un secret si lourd qu'il n'osait le partager avec personne.

Profitant du retour d'une des grandes fêtes de l'année chrétienne, Huguette lui conseilla vainement de chercher la paix dans l'aveu de ses fautes, dans le pardon de l'Église. Donat secoua la tête d'un air sombre, et, pendant plusieurs jours, il parut en proie à une sourde colère. Cependant, il essayait de témoigner à sa femme la reconnaissance qu'il ressentait en la trouvant si discrète et si douce. La confiance et cette part de tendresse spontanée qui en découle étaient mortes à jamais dans le cœur de Huguette ; mais le sentiment du devoir primait impérieusement ses répugnances, et, si le souvenir de la nuit pendant laquelle Donat la contraignit d'abandonner sa maison en flammes la poursuivit, elle n'en resta pas moins dévouée, prévenante et prête à sacrifier son repos et sa vie à l'homme par qui et pour qui elle souffrait.

L'amitié d'Isabeau lui devint une grande consolation. Souvent, durant les absences de son mari, Huguette alla s'asseoir sur le seuil de la maison de la fileuse, écoutant ses longs récits, se réjouissant de la voir affectueuse pour son enfant. Un dimanche, les deux femmes et Dizier allèrent aux offices de Notre-Dame ; puis Isabeau, en quittant la cathédrale, traversa la place du Marché.

Arrivée au centre, elle désigna du doigt les pavés disjoints et brisés, et dit d'une voix pleine de larmes :

— J'étais là, Huguette, mêlée à la foule ; j'ai assisté au supplice d'une sainte... Oh ! ce jour maudit ne sortira jamais de ma mémoire ! Que d'Anglais sur cette place ! Ces Anglais qui m'ont tué

mon mari et mon fils! Je vois encore les échafauds drapés de
pourpre ou de noir, Jeanne Darc était vêtue de sa longue robe
blanche, le front courbé sous la mitre qui la déclarait idolâtre, tandis qu'on l'admettait à la communion et qu'elle priait en marchant
au supplice... Si vous saviez, Huguette, quel doux regard avait
cette fille sublime; si vous aviez entendu son cri d'angoisse, quand
elle demanda de « l'eau bénite »; si vous aviez vu la pitié de la
foule, l'effarement du bourreau, la terreur de tous ceux qui l'avaient
condamnée, vous comprendriez que je vienne souvent à la place où
l'on bâtit son bûcher pour m'y agenouiller et l'invoquer comme
une sainte... Certes, j'entends bien des gens se plaindre de Sa Majesté le roi Louis; mais il a fait la Normandie française, et de cela
je lui serai toujours reconnaissante.

— Quoi! demanda Huguette, vous avez assisté au supplice de
Jeanne Darc?

— Oui, ma fille, et j'ai vu dans l'année tomber, frappés par
la main du Seigneur, ceux qui la condamnèrent faussement,
et se vengèrent de ses victoires en l'accusant de magie... Ici
siégeait messire Cauchon... Là se tenait le moine portant la
croix sur laquelle se fixèrent les yeux mourants de Jeanne...
Quand ton fils sera en âge d'apprendre à chérir la France, ra-
conte-lui, à cette place, l'histoire de la bergère de Domrémy...

La fileuse achevait ces mots, quand Dizier poussa un cri d'épouvante auquel répondit un sourire d'Isabeau.

Un monstre d'une figure effrayante, et d'une longueur si grande
qu'il touchait de la tête l'extrémité du marché, quand sa queue ondulait vers les dernières maisons, se tordait sur le pavé, traîné par
des hommes vigoureux, dont les éclats de gaieté étaient en raison
des sauts et des bonds de l'épouvantable reptile.

— Ne pleure pas, dit Isabeau en soulevant du doigt le visage que
Dizier cachait sur l'épaule de sa mère. La maudite gargouille n'a
plus vie, grâces en soient rendues à saint Romain!

— Isabeau, dit Huguette, étrangère à votre pays, je suis aussi
ignorante de ses fêtes et de ses usages que mon petit enfant lui-
même... Qu'est-ce donc que cette gargouille, et pourquoi la traîne-
t-on de la sorte par la ville?

— Ma mie, répondit la fileuse, les peintres de Rouen vont procéder à sa toilette... On va ranimer le vert de ses écailles, doubler
le feu de ses yeux sanglants... J'ai rendu plus d'un service à la
mère d'un des enlumineurs chargés de ce travail, nous y assiste-
rons si vous voulez; de la sorte, votre enfant s'accoutumera à la
vue de la gargouille, et quand elle passera dans les rues, il n'aura
pas autant peur de ses cornes et de sa redoutable queue.

Un quart d'heure plus tard, Isabeau, Huguette et Dizier pénétraient dans un hangar sous la toiture duquel s'étalait la gargouille,
tandis que les jeunes gens, chargés de la rendre plus digne de la
pompe processionnelle, trempaient leurs larges pinceaux dans
d'énormes pots de couleur.

Dizier comprit vite que le monstre n'était point doué de vie, et,
avec la rapidité d'impression qui caractérise les enfants, il passa de
la plus grande terreur à la confiance la plus absolue.

— Vous m'avez promis l'histoire de la gargouille, dit Huguette
en souriant de voir Dizier grimper avec mille peines sur le dos
écailleux du monstre.

— Il y a bien longtemps de ces choses, reprit la vieille veuve;
car le roi Dagobert, dont Dieu ait l'âme au nom des vertus de sa
femme et de sa fille, gouvernait alors le royaume de France, et
saint Éloi ciselait des châsses pour les saints, tout en donnant de
bons conseils au roi. Romain, fils béni d'un père et d'une mère
dont vous avez vu l'image sur le vitrail de la cathédrale, était alors
référendaire à la cour, quand il plut au Seigneur de l'appeler à
l'évêché de Rouen. Hidulphe venait de s'endormir dans la paix
éternelle. Lorsque le nouveau prélat arriva dans la ville, il la
trouva dans la consternation. Une bête terrible ravageait la campagne, enlevant les troupeaux et les bergers, et l'effroi qu'elle inspirait était si grand que nul ne se sentait le courage de la combattre.
Les premiers qui avaient tenté de l'attaquer dans la caverne où
elle s'était réfugiée n'étaient pas revenus, pour la plupart, et ceux
qui, par miracle, avaient pu regagner la ville, faisaient d'horribles
récits de la gargouille, racontant que le souffle de sa gueule suffisait pour empoisonner la vallée, et que nul ne résisterait à la puissance de ses griffes et de ses terribles mâchoires.

Le saint évêque, apprenant ces choses, alla se prosterner devant l'image du Sauveur des hommes ; puis, rempli d'un grand courage, il résolut de combattre seul la bête monstrueuse qui répandait l'effroi dans les campagnes. Dès que le peuple apprit le dévouement de son pasteur, il tenta de s'y opposer, lui remontrant qu'il serait victime de son zèle. Mais Romain sourit avec douceur, et se contenta de répondre :

— Je suis fort en celui qui me fortifie.

— Quel saint évêque ! s'écria Huguette. Vous aviez raison de le dire, Isabeau, c'est une bien belle histoire...

— Le prélat demanda seulement qu'on voulût bien lui adjoindre un compagnon. Il fut choisi parmi les condamnés à mort, et les juges s'engagèrent par serment à lui faire grâce s'il concourait avec le digne évêque à délivrer la ville du serpent monstrueux.

Le matin du jour où Romain devait se rendre à la caverne, tout le peuple de Rouen, vêtu de deuil, le visage pâli par le jeûne, s'agenouilla sur le chemin que devait parcourir l'évêque. On entendait sortir de cette foule des lamentations, des vœux, des sanglots. Un seul homme restait paisible au milieu de cette angoisse, c'était le ministre du Seigneur, qui, son étole bénite au cou, le crucifix dans les mains, armé seulement de cette divine figure du Sauveur des hommes, allait s'offrir en holocauste pour ses brebis. A ses côtés, vêtu de blanc, un glaive à deux tranchants sur l'épaule, marchait le condamné à mort. Il faisait un beau soleil de juin ; on était proche du jour où l'Église célèbre l'Ascension de Jésus ; et rien n'était plus touchant que de voir, sous ce ciel pur et par cette matinée superbe, ces deux hommes allant paisiblement vers la mort.

— Rien que d'y songer, j'en frissonne, Isabeau !

— Oh ! j'ai souvent raconté l'histoire de la gargouille et celle de saint Romain dans ma vie, reprit la fileuse, et chaque fois je me sens plus reconnaissante envers Notre-Seigneur et le saint évêque.

— Continuez, continuez ! dit Huguette.

— La gargouille était en méfiance... Toutes ces bêtes-là sont possédées par Satan ; qu'elles s'appellent la tarasque dont triompha sainte Marthe, le dragon que sainte Catherine foula sous ses pieds ou la gargonille, elles sont toujours, sous une autre forme, les

descendantes du serpent qui tenta Ève... Or le monstre que Romain
allait combattre s'était reculé jusqu'au plus profond de la grotte,
pendant que la flamme s'échappait de sa gueule immense. La bête
se souvenait que ses premiers ennemis étaient morts sans combattre, et qu'elle s'était débarrassée des autres d'un seul coup de
ses griffes gigantesques ou d'un seul mouvement de sa queue monstrueuse. Le condamné à mort, entendant le souffle de la gargouille,
pareil à un bruit de tempête, frissonna comme un homme que l'on
retire de l'eau ; saint Romain, sans s'émouvoir, s'avança du côté de
l'ouverture de la grotte, étendit son crucifix vers le monstre ; puis,
se reculant avec lenteur, il l'attira de la sorte dans la prairie. La
bête aurait voulu résister et s'enfoncer sous les roches ; une force
toute-puissante le lui interdisait, et, se tordant, soufflant du feu,
bavant du poison, elle rampait sur son ventre flasque et blanchâtre,
dressait la crête courant sur son dos, frappait le sol de sa queue,
comme les baleines quand elles vont faire chavirer une chaloupe,
avançait ses pattes de lézard gigantesque, et roulait des yeux ef-
froyables. Saint Romain ne paraissait point s'en émouvoir ; mais le
condamné recommandait à Dieu son âme ; il n'est pas bien sûr qu'à
cette heure il n'eût pas mieux aimé l'attente de la potence, au sommet de laquelle il devait être pendu, que les mâchoires de la bête
qui semblait prête à se jeter sur lui pour le dévorer.

Saint Romain enleva de son cou son étole bénite et la lança
sur le monstre... Il poussa un rugissement si terrible que tout le
peuple de Rouen se crut perdu, en même temps que le saint évêque ;
mais le bienheureux dit au condamné d'une voix tranquille :

— Noue, sans peur, mon étole autour du cou de cette bête ;
elle ne peut plus te nuire : elle va mourir.

Le malheureux obéit, croyant sa dernière heure venue ; mais
le saint évêque avait dit vrai : la gargouille tressaillait dans les douleurs de son agonie... Elle déchira le sol de ses ongles, battit le roc
de sa queue, puis resta immobile ; et le condamné, sans comprendre
comment il pouvait venir à bout de remuer cette masse énorme,
la traîna sur le sol, tandis que le bienheureux évêque marchait en
avant, rendant grâces au ciel qui délivrait Rouen d'un fléau.

— Est-ce pour ce miracle que l'on a canonisé le saint prélat ?

— Pour ses vertus plus encore, ma bonne Huguette. Dieu sait combien il convertit de païens et abattit de temples d'idoles ; car les antres des faux dieux étaient alors plus nombreux à Rouen que ne le sont aujourd'hui les saintes églises... Quand il mourut, plein de jours, on l'ensevelit à Saint-Godard, et, six cents ans plus tard, on transporta ses reliques à la cathédrale. La châsse magnifique dans laquelle sont enfermées ses reliques fut donnée par Rotron, archevêque de Rouen.

— Elle est bien belle ! dit Huguette ; je ne manque jamais de m'agenouiller devant le saint corps qu'elle renferme...

— Attendez donc, reprit la fileuse charmée de voir avec quel intérêt l'écoutait Huguette, je ne vous ai point dit la fin de la légende.

— J'écoute toujours, Isabeau.

— Le roi, apprenant ce qui s'était passé, voulut que chaque année, en souvenir de la délivrance de la ville par saint Romain, l'évêque de Rouen eût le pouvoir de grâcier un condamné à mort pour la fête de l'Ascension. Tant que vécut le prélat, il eut seul la joie de choisir parmi les coupables celui qu'il arracherait à la mort, et lorsqu'il eut été remplacé par saint Ouen, son ami, on décida que le privilège du droit de grâce serait exercé par le chapitre des chanoines, et en souvenir de saint Romain. Et, afin de bien prouver à tous et à chacun que le condamné exempté de la peine capitale l'était au nom de l'évêque libérateur de la ville, le condamné choisi pour jouir du « privilège de la fierte [1] » n'était réellement libre qu'après avoir placé sur ses épaules les supports de la châsse de saint Romain.

— Et l'on célèbre encore cette fête ?

— Tous les ans.

— On gracie un condamné à mort ?

— J'espère que le privilège ne sera jamais perdu pour notre cathédrale et ses dignes chanoines.

— Mon Dieu, mon Dieu ! s'écria Huguette, que je serais heureuse de voir cette procession, de suivre du regard le prisonnier à qui les hommes font miséricorde au nom d'un bienheureux !

— Vous admirerez, vous verrez tout cela la semaine prochaine, Huguette ; c'est jeudi l'Ascension, et je vous affirme que, parmi les

1. *Fierte*, de *feretrum*; *capsa*, capse, châsse.

mécréants jetés pour grands forfaits dans les prisons de Rouen,
l'angoisse est grande depuis quelques jours. Songez donc : le pardon doit descendre sur une tête, mais sur une seule !

— Et cette image de la gargouille que l'on repeint avec tant de
zèle ?

— Elle fait partie de la pompe de la procession ; tandis qu'on la
porte, au sommet d'une perche, les mâchoires ouvertes, le dos
hérissé, le peuple se souvient davantage du miracle de saint Romain,
et prie avec une ferveur plus grande.

— Oh ! s'écria Huguette, voilà une belle coutume et un droit
magnifique ; j'avais entendu raconter que les églises étaient un
lieu d'asile pour les criminels ; j'ignorais qu'en honneur de la châsse
de saint Romain la collégiale de votre ville gardât le pouvoir de faire
don de la vie à un malheureux. Qui sait si la reconnaissance ne
ramène pas au Seigneur les âmes coupables? Merci, ma bonne
Isabeau, de m'avoir appris ce que signifie, dans la procession qui
aura lieu prochainement, l'image de ce monstre avec lequel Dizier
semble jouer de si bon cœur.

— Ces innocents, dit Isabeau, ils ne redoutent rien, n'ayant
jamais fait de mal. Puisque vous aimez les histoires, venez me voir
souvent, j'en sais d'autres bien belles ; je vous les conterai.

Huguette prit Dizier dans ses bras, remercia les peintres de leur
bonté ; puis, au moment de quitter la fileuse, elle lui dit :

— Je vous rapporterai demain le lin que j'ai filé, vous pourrez le
livrer avec le vôtre.

— J'ai cru mieux faire en agissant autrement, répliqua la vieille
femme ; j'ignore combien de temps il plaira au Seigneur de me
laisser en ce monde ; si je venais à m'en aller, je ne voudrais point
vous laisser sans ressource. C'est pourquoi vous traiterez directement avec demoiselle Ogive Le Bouteiller, sœur d'un des plus anciens chanoines de la cathédrale ; de la sorte, quand je m'en irai
de vie à trépas, vous ne serez ni sans protection ni sans labeur.

— Dieu vous garde longtemps en ce monde ! Le Seigneur seul
sait combien votre amitié me console.

La fileuse secoua la tête.

— Malheureusement, dit-elle, je ne puis vous enlever vos chagrins.

— N'est-ce pas beaucoup de les adoucir?

— Pauvre âme! murmura Isabeau, vous méritez d'être heureuse.

La jeune femme baissa la tête, son visage se colora de rougeur; elle serra son enfant sur son sein avec une sorte de violence; puis, sans ajouter un mot, en lui envoyant seulement un geste de la main, elle se sépara d'Isabeau.

Nous avons dit que Donat travaillait d'une façon régulière, cela est vrai; mais pour aiguiser le fer en bêches, en faux, en faucilles, il n'en était pas devenu plus communicatif et plus tendre. Si nul soupçon ne se fût élevé dans l'âme de sa femme, au sujet de la nuit terrible pendant laquelle il s'était enfui de sa demeure, peut-être aurait-il essayé de triompher de son amère tristesse, de secouer le poids de ses regrets, d'étouffer en lui le mystère dont le souvenir le poursuivait. Mais, si douce que se montrât Huguette, si attentive qu'elle fût à tenir en ordre son pauvre ménage, à préparer ses repas, il comprenait bien qu'elle n'avait pas oublié. Quand, par hasard, les yeux de sa femme s'attachaient sur ses mains ou sur son visage, un mouvement instinctif le poussait à cacher dans sa poitrine ces mains qu'elle avait vues rouges de sang.

Un mot, un cri l'auraient pu sauver.

Tandis qu'Huguette berçait le soir son enfant, Donat aurait pu enfouir sur ses genoux sa tête coupable, lui demander grâce et confesser sa faute; ou bien, tandis que, joignant les doigts roses de Dizier, elle lui enseignait une prière, Donat pouvait se frapper la poitrine, s'accusant d'avoir péché contre Dieu, la suppliant de lui obtenir miséricorde au nom de son repentir, au nom de l'innocence de l'ange qui dormait dans ses bras. Cette pensée lui était venue plus d'une fois; Huguette l'avait pressentie, mais Donat résistait à l'entraînement de la franchise, et, le silence pesant davantage sur son cœur torturé, il en avait fait expier les secrètes douleurs à l'infortunée qui pleurait sur lui plus encore que sur elle-même.

Une fois, une seule, depuis son mariage, elle avait élevé la voix moins pour se plaindre que pour encourager Donat à revenir au bien. Tandis que les gardes de M. de Châteauneuf le cherchaient, que sa vie dépendait d'un mot, d'un souffle, elle avait laissé couler ses larmes et s'épancher sa douleur. Une minute, elle crut avoir amolli cette âme de pierre; mais deux jours plus tard Donat se jetait dans l'abîme, et l'infortunée sentait ses mains trop frêles pour l'en retirer.

Elle essaya vainement de l'entraîner vers l'église; il eut alors un rire mêlé d'ironie et de détresse et, pendant plus d'une semaine, il affecta de railler les choses saintes, de nier le pouvoir des sacrements, de proclamer des doutes sur la résurrection, sur les délices du ciel, sur les supplices sans fin de l'éternité.

— Mon mari, dit-elle un jour d'une voix grave, vous m'avez dépossédée des biens de ce monde, ne m'enlevez pas la croyance dans le paradis.

Donat haussa les épaules et sortit de la Maison du Sabbat.

Certes, celui qui aurait vu cette demeure au temps où l'Égyptienne en faisait l'antre de ses sorcelleries damnées aurait eu grand'peine à la reconnaître. Un compagnon maçon avait assaini les murailles en les blanchissant à la chaux; les meubles, équilibrés, vernis, reluisaient de propreté; les poutres étaient débarrassées de leur attirail diabolique, et au-dessus de la cheminée un crucifix étendait les bras; des plantes sauvages fleurissaient au gré du soleil sur la côte Sainte-Catherine : Huguette formait des bouquets parfumant la maison; des corbeilles pleines d'écheveaux blancs et fins comme des fils de la Vierge prouvaient un honnête labeur; le berceau racontait la bénédiction donnée par le ciel à la jeune mère; sur le sol, des branches de fenouil embaumaient, à mesure que le pied en écrasait les racines flexibles.

Deux chèvres, payées avec les premières économies d'Huguette, broutaient l'herbe abandonnée aux pauvres gens. Dizier buvait du lait pur et se roulait tout le jour à côté des bêtes à fine toison blanche. Un rameau vert, rapporté des fêtes pascales, se desséchait entre les montants d'un bénitier d'argile commune, et un morceau de pain bénit, placé sur un linge blanc, rappelait avec quel soin la jeune femme vénérait ces touchantes eulogies, souvenir lointain de la cène du Sauveur.

Donat dérangeait seul l'harmonie de ce tableau. Son incrédulité insultait à cette foi ardente, manifestée sous mille formes; son

visage tourmenté formait une opposition sinistre avec la gravité
triste de cette jeune mère, le sourire épanoui de cet enfant.

Il le sentait, il en souffrait, mais il ne changeait pas.

Une nuit qu'elle était plongée dans ses songes, Huguette vit
Donat se lever, traverser la chambre, mettre divers objets dans
un mouchoir, se pencher vers l'enfant et l'embrasser avec une sorte
de respect craintif. Puis il s'approcha de la couche d'Huguette, ses
yeux brillèrent d'une sorte d'attendrissement ; il murmura :

— Pauvre femme !

Huguette se souleva et lui prit la main.

— Tu veux partir? dit-elle.

— Oui, fit-il d'une voix sombre.

— Tu ne le dois pas, tu ne le peux pas !

— A quoi vous suis-je bon ?

— A nous faire respecter... Toi au loin; on se demandera quelle
femme et quelle mère j'étais, puisque mon mari m'a délaissée... Je
pourrais accepter peut-être la honte et la calomnie pour moi, car
je me contente de l'approbation de Dieu et du témoignage de ma
conscience... Mais je songe à l'enfant... Sa pensée s'éveillera un
jour, il raisonnera, il comparera... Que lui répondrais-je quand il
me demanderait pourquoi tu m'as quittée?..

— Tu lui diras, fit Donat, que j'ai été lâche, et que j'ai déserté
mon devoir.

— Et voilà ce que je ne veux jamais dire, Donat, ni à lui ni à
d'autres... J'ai la fierté de mon deuil... Quand je parle de toi, c'est
avec respect... Mes douleurs m'appartiennent, et je n'en dois compte
à personne... Je te défends de les aggraver.

— Mais cette vie est au-dessus de mes forces !

— Qui l'a faite?

— Tu me hais; mon absence te serait un soulagement.

— Je n'ose haïr personne en levant les yeux sur mon crucifix...
Je ne puis même pas dire qu'il me semble difficile de remplir son
devoir quand on cherche sa force en Dieu.

— Eh bien! c'est moi qui ne puis plus vivre de la sorte... c'est
moi qui tremble, moi qui souffre, c'est moi...

Huguette se tordit les mains.

— Ce qu'il faudrait, dit-elle, pauvre misérable, c'est aller, un soir, quand l'ombre envahit la cathédrale, te jeter dans un confessionnal, le premier venu, tomber aux pieds d'un prêtre, n'importe lequel, tous ont le pouvoir d'absoudre; et tu dirais...

Donat saisit les poignets de sa femme et les tordit dans ses doigts nerveux.

— Qu'est-ce que je dirais? demanda-t-il avec une rage concentrée; réponds! Qu'est-ce que j'aurais à dire?... Je vais te l'apprendre. Il me passe parfois dans l'esprit des tentations violentes, atroces, comme j'en ai eu déjà dans ma vie, de te briser, toi! entends-tu bien, afin de ne plus jamais entendre ta voix!

Huguette, que la douleur fit pâlir comme un cierge, répondit, d'un accent faible comme un souffle :

— Et quand tu me tuerais, Donat, ne te resterait-il pas ta conscience?

En prononçant ces mots, elle fixa ses grands yeux bleus dans le regard vacillant et terrible de son mari.

Donat lâcha les mains de sa femme, se mit à trembler comme un fiévreux; puis, étendant le bras, et paraissant distinguer loin, bien loin, un être invisible pour Huguette :

— Je le vois toujours, dit-il, toujours... Il demande grâce de la vie, il promet le pardon... Il me parle de sa femme, de son fils, car lui aussi a un enfant!... Va-t'en! La terre est retombée sur toi toute froide; les corbeaux seuls le savent... les corbeaux, puis...

Il recula jusqu'à la table, occupant le centre de la chambre, s'y cramponna et remua les lèvres pour ajouter :

— Jacquet!

Alors il parut en proie à un redoublement de terreur et, se laissant tomber sur un banc comme si la foudre venait de l'atteindre, il demeura immobile...

Son paquet gisait à terre; il ne le releva pas et ne parut plus songer à partir.

Il se dirigea vers la campagne. (*Voir page* 48.)

IV

UN DEPOT

Huguette venait de sortir, laissant l'enfant endormi sous la garde

de son père; la jeune mère ne craignait rien pour Dizier, car le chérubin, une fois les yeux clos par l'ange du sommeil, ne s'éveillait qu'à l'heure où montaient au ciel les premières clartés de l'aube. D'ailleurs, Donat devait achever une besogne pressée, et, tandis qu'il travaillerait dans la salle basse à polir des outils, quel danger pouvait menacer Dizier? Donat ne le chérissait-il point autant qu'elle-même? Nous ne dirons pas plus qu'elle-même, car rien ne semble pouvoir surpasser la tendresse maternelle; cependant, l'amour de Donat pour son fils renfermait un sentiment bien à part, unique peut-être. Si le malheureux n'osait plus s'abandonner à son affection pour Huguette, c'est que celle-ci connaissait ou devinait le côté sombre de sa vie; l'inexorable passé se dressait entre ces époux; le souvenir de l'instant où dans son mari elle avait cru voir un meurtrier ne quittait plus l'infortunée... Mais Dizier! Il ne connaissait de son père que des éclats de tendresse emportée, des baisers qui, pour garder leur amertume, n'en étaient pas moins sincères. Il accueillait le retour de ce père un peu sombre par des cris de joie, et ces cris, ces embrassements déridaient le visage soucieux du taillandier. L'enfant connaissait le pouvoir de son sourire, la force de ses prières. Il comprenait que cet homme sombre et triste l'aimait d'un puissant amour. Donat créait sans cesse des jouets nouveaux pour son fils, et, malgré la tendresse d'Huguette pour l'enfant, il n'est pas certain que l'enfant ne lui préférât pas son père.

Quand cette pensée traversait le cœur saignant de Donat, il se sentait envahi par un contentement étrange. Il songeait au temps où Dizier, devenu grand, apprendrait de lui son métier et le suivrait dans ses courses. Ce que deviendrait Huguette, Donat ne voulait pas y songer; elle avait assez pleuré devant lui, assez étalé sa patience de martyre, pour qu'il souhaitât prendre une revanche. Cette revanche, Dizier la lui fournirait. Il l'enlèverait, un beau soir, comme un trésor; il l'emporterait loin, bien loin; près de cet adolescent pur et doux, il essaierait d'oublier les nuits de braconnage, les nuits de sang... Si quelque jour Dizier, s'inquiétant du passé, demandait ce que sa mère était devenue, Donat répondrait : — Elle est morte! — Et, sans nul doute, il ne mentirait pas, car une mère comme elle ne peut manquer de mourir quand on la sépare de son enfant.

— Oui, oui! disait Donat en contemplant, dans son berceau, l'enfant frais et rose, j'aurai mon tour, moi aussi, je serai aimé seul; je te montrerai des pays nouveaux; nous irons travailler dans les Flandres... Tout l'argent de mon gain s'en ira à t'acheter de beaux vêtements, à te procurer les plaisirs de ton âge... Je veux que tu sois un garçon robuste, travaillant le fer comme moi-même, joyeux et brave, ayant toujours une chanson aux lèvres, et des angelots tintant dans l'escarcelle! Tu m'aimeras : les fils aiment toujours les pères! Tu me respecteras, tu ne sauras rien, jamais rien! Et c'est si bon, l'estime! murmura le malheureux en laissant tomber l'outil qu'il polissait.

Ce bruit éveilla l'enfant; il tourna son visage ensommeillé du côté de Donat, reconnut son père, tendit les bras en avant, les jeta autour de son cou, dit tout bas : « Père, père! » et retomba dans ses rêves.

Au même instant, Donat crut distinguer le roulement de deux roues sur la côte pierreuse de Sainte-Catherine. Quelle apparence, cependant, qu'une charrette la gravît à cette heure avancée? Cependant la curiosité de Donat restait éveillée, et il se convainquit de l'exactitude de ses soupçons en distinguant le hennissement étranglé d'un cheval.

Une seconde après, trois coups retentissaient à la porte de la Maison du Sabbat.

Donat tressaillit jusqu'aux tréfonds de son être; le sentiment d'un danger lui vint; mais, en même temps, un souvenir se présenta à son esprit, et, après une courte minute d'indécision, il se décida à ouvrir.

— Par les mille diables d'enfer! compagnon, dit le nouveau venu, il faut joliment attendre l'hospitalité! L'offririez-vous à contre-cœur, par hasard?

— Jacquet! murmura Donat, Jacquet! vous ici! Qui pouvait prévoir...

— Qu'une nuit il me prendrait fantaisie de coucher dans ma propre maison, dont vous passez sans doute pour le propriétaire? dit Jacquet en ricanant...

— Oh ! fit Donat, je n'oublie point quel service vous m'avez rendu en me prêtant cet asile.

— Tu as raison, Donat, il ne faut jamais rien oublier... Je me souviens, tu vois... Aide-moi à dételer le cheval. L'appentis sert toujours d'écurie ?

— J'en ai fait provisoirement un atelier...

— Bien, mon garçon, bien ! Il ne me déplaît point que ce logis de malheur prenne une honnête apparence... Cela pourra même nous servir, à l'occasion.

Donat aida à dételer le cheval, lui jeta la botte de foin sur laquelle le nouveau venu était assis dans la charrette, puis il remisa celle-ci dans un coin.

— Prenons le sac de cuir, dit Jacquet; il est embarrassant et il est lourd...

En effet, ce ne fut pas sans employer toute sa force que le robuste taillandier parvint à soulever le sac couché dans le fond de la charrette.

— Où le porterons-nous? demanda-t-il.

— Dans la grande salle, répondit Jacquet.

Donat ne répliqua point, et, aidé de son compagnon, il souleva le sac et le plaça sur la table.

— Ranime le feu, reprit Jacquet, nous avons à causer.

Quand une belle flamme jaillit du bois mort amoncelé dans la cheminée, Jacquet ajouta :

— Où donc est ta femme ?

— Huguette est absente pour toute la nuit. Une vieille filandière, qui la première lui a procuré du travail dans cette ville, se trouve dangereusement malade, Huguette, par reconnaissance, n'a pas voulu la laisser sans secours... De la sorte, elle ne rentrera sûrement que demain.

— Tant mieux ! fit Jacquet ; rien ne me gêne comme les femmes quand il s'agit de traiter des affaires.

Donat baissa la tête sans répondre, et Jacquet, qui semblait avoir oublié le grand sac de cuir, reprit l'espèce d'interrogatoire qu'il faisait subir à l'ancien contrebandier.

— L'ouvrage marche-t-il ?

— J'aurais tort de me plaindre, répondit le taillandier ; dans les commencements, on ne se liait guère à un étranger refusant de boire dans les tavernes avec les compagnons, et de raconter son histoire... Il faut bien avouer aussi que la Maison du Sabbat y était pour quelque chose... Bon nombre de gens se signaient encore en passant devant la demeure de l'Égyptienne, et si un chanoine ne l'avait pas un jour aspergée d'eau bénite pour en chasser le démon, jamais sans doute un chrétien du pays n'aurait osé y mettre le pied... Mais Huguette allait souvent à l'église, et, la voyant si jeune et l'enfant si beau, les gens de Rouen se sont dit, à la fin, que le diable avait dû porter ailleurs ses maléfices... Et puis la chaux a eu raison des images de sorcellerie... Depuis deux ans que j'habite votre maison plus d'une femme honnête en a franchi le seuil ; plus d'un maître y est venu me commander de l'ouvrage...

— C'est bon ! c'est bon ! fit Jacquet ; mais pas d'excès dans ce genre, mon garçon ; s'il n'est point mauvais qu'elle perde sa mauvaise réputation, il n'est pas utile, non plus, que cette demeure soit trop fréquentée. Elle ressemble à notre conscience, cette maison, elle a des secrets...

— Des secrets ?

— Je ne parle pas de ceux de l'Égyptienne, mais des miens... tu comprends ? Quand la folle fille eut été arse avec Blancquinette et Demiselle, j'achetai pour quelques deniers ce logis mal famé dont personne n'aurait voulu. Mal avisé eût été celui qui tout de suite aurait tenté d'en faire sa demeure... Mais tu conviendras que nulle cachette ne pouvait offrir meilleure sûreté à l'homme qui voulait y enfouir quelque chose.

— Ainsi, demanda Donat, cette maison...

— Il y a deux ans passés, reprit Jacquet en étendant, avec une satisfaction évidente, ses jambes devant la flamme et en se frottant les genoux de la paume de la main, par une nuit pareille à celle-ci, te souviens-tu de m'avoir rencontré dans la forêt de Château-neuf ?

— Taisez-vous ! je vous en supplie ! taisez-vous ! balbutia l'ancien braconnier.

— Bah! il n'y a aucun inconvénient! L'enfant dort, et ta femme est absente, que crains-tu?... Mes paroles n'ont point le pouvoir d'évoquer celui qui dort là-bas sous le couvert de la forêt... A un gros arbre était lié par la bride un cheval hennissant de frayeur et grattant la terre d'une façon furieuse ; à côté, un page semblait dormir... sur le sol, un homme était étendu... le sang tachait ses vêtements, un large couteau était jusqu'au manche entré dans sa poitrine... à quelque distance du gentilhomme assassiné, le meurtrier creusait une fosse...

— Assez! assez! fit Donat en se levant tout blême; point n'est besoin qu'on raconte cette histoire épouvantable pour que la victime m'apparaisse avec sa figure pâle, son sein déchiré d'où le sang coule, coule jusqu'à former des ruisseaux dans lesquels baignent mes pieds... Si vous voulez me trahir, si vous avez résolu de me livrer, dénoncez-moi à l'évêque, au grand prévôt, et qu'on fasse justice !

— Là ! là ! fit Jacquet en posant familièrement la main sur l'épaule de Donat, qui parle de cela, compère?... En rappelant cette nuit-là, j'ai seulement voulu te prouver deux choses : la première, que je sais garder un secret ; la seconde, que je te porte grande amitié...

Donat secoua la tête.

— Vous m'avez sauvé la vie, dit-il, et cependant je ne puis croire à votre amitié...

— La méfiance a ses dangers et ses bons côtés... Cependant si, en tirant le cou d'un homme du nœud coulant qui le doit étrangler, on ne lui prouve pas du dévouement, je renonce à donner des preuves du mien.

Donat regarda Jacquet en face.

— Que voulez-vous de moi? lui demanda-t-il.

— Rien.

— Oh! rien?... fit Donat avec méfiance.

— Que veux-tu que je veuille de toi? Peux-tu me sauver, me protéger? Tu as, par ma foi! bien assez à faire en te sauvegardant toi-même...Si quelque jour ton aide m'est indispensable, sois sûr que je te la demanderai; pour le moment, je veux seulement enfermer ce sac dans la petite chambre, puis te proposer une association.

— De quelle chambre voulez-vous parler? demanda Donat avec surprise.

— Quand j'achetai le logis de l'Égyptienne, j'y restai caché avec un mien compagnon assez de temps pour pratiquer une porte dans la muraille du fond, et creuser une pièce étroite maçonnée dans la colline même... La porte se trouve dans l'angle gauche. Tu ne l'as pas devinée, et cependant la chaux avec laquelle on a recrépi la maison n'a point tellement couvert ce gros boulon de fer que je ne puisse tout de suite poser dessus la main... Prends la lampe, Donat, tu vas voir... Tiens! la porte roule assez bien... le mécanisme n'est pas trop rouillé...

A peine Jacquet eut-il démasqué l'étroite ouverture que le taillandier sentit une bouffée d'air méphitique.

— On assainira cela... dit-il; un paquet d'herbes aromatiques pourra suffire.

Le caveau pouvait avoir environ dix pieds carrés; un coffre de bois occupait un des angles; les pas glissaient sur le sol humide et inégal.

Jacquet posa la lampe sur le coffre; puis, se dirigeant vers le sac de cuir, il fit signe à Donat de lui aider, et le sac une fois posé sur la boîte, Jacquet sourit avec contentement.

— Tout est pour le mieux, maintenant, dit-il ; toi seul connais ce retrait, et je suis bien sûr que tu n'en révèleras jamais le mystère à personne.

— A personne! je vous le promets.

— Pas même à ta femme?

— Surtout à elle.

— Oui, je comprends: ta femme est une sainte créature, et tu trembles toujours que sa conscience s'effarouche de tes petits secrets.

— Ils sont lourds ! murmura l'ancien contrebandier.

La porte retomba. Jacquet désigna le bouton de fer à Donat, pour lui rappeler le moyen d'ouvrir le caveau; puis, reprenant sa place auprès du foyer, il pria son hôte de lui servir les reliefs de son souper.

— Je ne suis point un Juif pour ne pas toucher à cette succulente tranche de lard, lui dit-il, et une pinte d'hypocras est toujours la bienvenue.

— Malheureusement, je n'ai que de la cervoise, répliqua le taillandier avec confusion.

— Cela ne fait rien. Verse-la toujours, trinque avec moi, et buvons gaiement.

Donat choqua d'assez mauvaise grâce son gobelet contre celui du routier, qui mangea pendant quelques minutes sans rien dire; puis, sa faim se trouvant apaisée, il repoussa son assiette et dit à son camarade :

— Tu ne t'es jamais occupé de politique?

— Jamais.

— Pourquoi cela?

— La politique ne regarde pas les pauvres gens. Notre roi gouverne comme il lui plaît : c'est son affaire et non la nôtre; qu'avonsnous à y voir?

— Pas grand'chose peut-être ; mais les princes ne sont pas du même avis... Il en est qui trouvent que le roi Louis rogne et confisque leurs privilèges, et qu'il agrandit le royaume de France au préjudice de leurs duchés.

— Eh bien ! fit Donat, que les princes s'arrangent avec le roi Louis XI, que nous importe à nous? Ces démêlés ne nous regardent pas.

— A savoir; j'ai longtemps partagé ton avis, et je pensais que, la guerre avec l'Angleterre étant finie, je pourrais accrocher au clou ma rapière de chef de bande ; mais un camarade m'a fait comprendre que dans toute conspiration il fallait des hommes prêts à se battre...

— Et tu conspires? demanda Donat.

— Par la croix de saint Lô ! comme dit le roi, sais-je faire autre chose que me battre? J'ai tué plus d'Anglais à moi seul que le bâtard d'Orléans, si brave à la guerre ! Je ne sais point comme toi affiler des outils, et du jour où j'ai compris que le métier de conspirateur était aussi bon qu'un autre et présentait des chances de grande fortune, j'ai conspiré.

— Des chances d'estocades, j'en conviens ; mais de fortune, je me demande comment ?

— Et le pillage ? demanda Jacquel. On se bat, les blessés, les morts restent sur le terrain, leur dépouille appartient à qui sait la prendre... alors les colliers d'ordres, les pommeaux d'épée, les bagues de prix, tout cet or, toutes ces pierreries sont au partisan qui les ramasse... Et dans les attaques des villes, les maisons visitées, les églises pillées, quand on ne témoigne pas trop de scrupule... Voilà une vie ! Elle n'est point sans dangers, j'en conviens ; mais quand un coup de dague ou un collier de chanvre serait au bout, ne vaudrait-il pas mieux avoir vécu dans la lutte, la bataille, les prises de butin, la fièvre de l'or, que de végéter comme tu fais ?...

— Mais, demanda le taillandier, qui se charge d'acheter le produit des pillages ?

— Les Lombards ; ils volent bien un peu sur la valeur des pièces et le poids des lingots ; mais en choisissant le moins malhonnête de tous ces Juifs...

— Et vous avez déjà conclu des marchés pareils ?

— Pour des sommes minimes, oui ; mais, si j'avais en ma possession des valeurs énormes, j'aurais la prudence d'attendre, afin de ne point attirer les soupçons sur moi.

Jacquel se versa un nouveau verre de cervoise.

— Il y a longtemps que je te connais, dit-il ; tout jeunes, nous avons braconné ensemble ; je m'engageai dans les routiers, tandis que tu prenais femme, et je ne t'ai revu que la nuit où se passa le malheur que tu sais... Je ne me vante point d'avoir le cœur tendre, mais tout ce que je puis avoir d'amitié s'est reporté sur toi... Aussi, te voyant dans l'embarras, t'ai-je ouvert cette maison... et, te sachant pauvre, suis-je venu te dire : « Monseigneur François II duc de Bretagne ne fera jamais la paix avec son royal neveu... Entrons dans le parti du duc de Bretagne ; s'il y a des dangers à courir, il reste de l'argent à gagner... Tu as l'œil juste et la vue du sang ne te fait pas peur : le routier du diable sera pour toi un franc compagnon.

— Merci de votre intention, répondit le taillandier.

— Tu me refuses ?

— Oui.

— Pourquoi ?

— Je ne saurais quitter cette maison.

— Huguette doit te rendre la vie dure?

— Ma femme est une sainte ! dit le braconnier, j'ai fait son malheur, et jamais elle ne me l'a reproché... Cependant, je l'avoue,
ce n'est point Huguette qui me retient ici... sa pâleur, sa tristesse
m'accusent... quand elle revient de l'église, je vois qu'elle a
pleuré... Sa patience m'irrite ! je voudrais parfois qu'elle éclatât en
reproches : je la battrais, je la tuerais peut-être... Mais que dire,
que faire devant cette douceur persistante que rien ne peut enta-
mer?... Non, non ! s'il ne s'agissait que d'elle, je m'enfuirais,
j'irais avec toi, Jacquet, dans le danger, dans la bataille; je serais
terrible, et chacun de mes coups abattrait un homme... A force de
voir couler le sang, j'oublierais peut-être le jour où je le versai
pour la première fois...

— Eh bien ? demanda Jacquet.

— Mais il y a l'enfant ! dit le braconnier ; il y a ce petit être qui
m'aime, qui ne sait rien, qui me sourit en me tendant les bras...

— L'enfant grandira, et Huguette...

— Huguette lui apprendra à me respecter... Je la connais : son
secret la tuera peut-être, mais elle l'emportera dans la tombe... Et,
comprends-tu ? j'aurai la tendresse de Dizier : ma joie, mon refuge,
mon salut, si je pouvais être sauvé !

— Il y aurait moyen de tout concilier, sans doute... Moi qui n'ai
jamais eu de femme ni d'enfant, j'ignore comment on aime ces êtres
fragiles qui nous dominent par leur faiblesse... Mais enfin tu veux
rester près de Dizier, ne le quitte pas ! Sans risquer avec moi un
voyage en Bretagne ou, tout au moins, te joindre à la petite armée
que François II ne manquera pas d'entretenir sur pied, afin de garder le roi Louis dans une crainte salutaire, tu pourrais faire alliance
avec une troupe de vaillants hommes, partisans à l'avance de qui-
conque sera l'ennemi du roi !

Ceux-là ne s'occupent point de politique, ils sont à gages, et se
regardent comme des mercenaires prêts à faire un coup lucratif.

Il ne t'en coûtera rien de te rendre un soir à la taverne de la *Pinte couronnée* et de dire à Grifoldas, surnommé Gosier d'Or, grand diable long comme un peuplier et maigre comme le Carême : « Je viens de la part de Jacquet ; fournissez-moi de la besogne quand vous en aurez. » L'occasion ne manquera pas longtemps... Il semble, d'ailleurs, que tout soit disposé pour dissimuler à tous les petits mystères de ta vie... D'abord le voisinage ne te gêne pas, sur la côte Sainte-Catherine ; ensuite le métier que tu exerces te permet de t'absenter sans éveiller les soupçons... Tu chargeras d'outils la charrette remisée en ce moment sous ton appentis, et, sous le prétexte de parcourir le pays en vendant ta marchandise, tu battras l'estrade pour le compte de François II... Sois tranquille, le duc est riche et généreux !

Donat semblait fort perplexe et ne répondit pas.

— Tu aimes l'enfant ? fit Jacquet.

— Oui, oui ! répondit Donat dont les yeux étincelèrent.

— Deviens donc riche pour le rendre heureux !

— On a bien raison de vous appeler le Routier du diable ! dit le taillandier ; vous me tentez comme Satan.

— Écoute, Donat, quand on a fait ce que tu as fait... reprit Jacquet en appuyant mystérieusement sur les mots, on ne peut plus retourner en arrière.

Un instant, Donat se souvint des consolantes paroles d'Huguette, qui plaçait la divine miséricorde si haut que tout criminel gardait le droit d'espérer ; mais les paroles amères de Jacquet, ses railleries mordantes l'emportèrent sur les conseils d'Huguette, et il baissa la tête avec accablement.

Pendant plus d'une heure, les anciens braconniers rappelèrent leur jeunesse et parlèrent d'avenir ; puis, quand les premières blancheurs de l'aube parurent, Jacquet se leva pour partir et dit à son hôte, au moment de le quitter :

— Tout est conclu... la *Pinte couronnée*... Grifoldas dit Gosier-d'Or?...

— Je n'oublierai point, répondit Donat.

— J'enfourche le bidet, je te laisse la charrette : elle te sera d'un grand secours...

— Merci, dit le taillandier.

Donat aida le routier à seller la bête ; puis, quand Jacquet eut le pied à l'étrier, il dit à Donat :

— La Bretagne est grande, la route dangereuse, les risques mauvais... La peau d'un routier comme moi est difficile à trouer ; mais un coup d'épée ou de dague en viendrait à bout... J'ai mis en dépôt chez toi, ou chez moi, comme tu voudras... enfin dans le caveau dont tu connais le secret, ce qui constitue toute ma fortune... Si dans huit ans je ne suis pas venu en personne le réclamer... huit ans, jour pour jour, tout ce que contient le coffre de bois à bandes de fer et le sac de cuir t'appartient... Je te le donne... Et, puisque tu rêves la fortune pour ton enfant, Dizier sera riche.

— Mais, dit le taillandier, si vous possédez un trésor, pourquoi ne le vendez-vous pas et ne vivez-vous pas tranquille désormais loin de France?

— J'aime la bataille, le danger, Donat! Je mourrais s'il me fallait rester inactif... Au surplus, la campagne que j'entreprends sera peut-être la dernière... Au revoir ou adieu !

Le routier du diable donna de l'éperon à son maigre cheval, qui descendit la côte abrupte de Sainte-Catherine ; puis, au lieu de s'approcher de la ville dont les portes n'étaient point encore ouvertes, il se dirigea vers la campagne et ne tarda pas à disparaître au regard du braconnier.

Donat rentra tout absorbé dans la maison, tandis qu'il répétait à voix basse :

— La taverne de la *Pinte couronnée*... Grifoldas dit Gosier d'Or...

Il ajouta d'un ton plus sombre :

— Il m'a dit : « dans huit ans ! » S'il pouvait ne jamais revenir !

Je vous ai vue passer! répondit le jeune homme. (*Voir page* 56.)

V

LE LOGIS DU CHANOINE

C'était une maison étrange dans sa grâce, sans prétentions architecturales, et devant toute l'ornementation de sa façade aux croix de Saint-André curieusement sculptées qui la soutenaient en l'embellissant, à la légèreté de ses colombages, aux entre-croisements bizarres de mille figures dessinant des frises ou s'allongeant en dehors d'une façon menaçante. Le pignon aigu s'éclairait d'une rose comme le portail d'une cathédrale ; des colonnettes accotaient les croisées, des mascarons bâillaient à certains angles. On eût dit que ce logis était le chef d'œuvre d'un charpentier doublé d'un imagier. Mais le regard n'était pas seul satisfait quand il se reposait sur la maison de messire Le Bouteiller ; le cœur se sentait doublement rassuré par de longs bancs de pierre destinés non pas à servir de montoirs aux cavaliers, mais de sièges pour les pauvres ; et comme si ce n'était pas assez de ce signe hospitalier pour rassurer les malheureux, une naïve figure de saint Julien le Pauvre surmontait la porte de chêne dont le heurtoir figurait un pélican nourrissant ses petits de sa propre chair.

Sans nul doute messire Le Bouteiller, chanoine de Notre-Dame, aurait pu habiter une plus riche maison, mais l'épargne de l'indigent eût été diminuée de tout ce que le digne vieillard se fût accordé de luxe et de bien-être ; et il comprenait le partage de ses revenus de telle sorte qu'il en consacrait le dixième à ses besoins personnels.

Et non seulement messire Le Bouteiller agissait ainsi pour sa fortune, mais sa sœur Ogive l'imitait en cela, comme elle s'efforçait de l'égaler en vertu.

De ce que le logis du chanoine était modeste, sa table frugale, il ne faudrait point conclure que l'intérieur de cette maison trahît la tristesse et la pauvreté ! Loin de là, la mère et les sœurs du chanoine de Notre-Dame avaient patiemment brodé les tapisseries couvrant les murailles ; de grands bahuts, précieusement fouillés, et dont demoiselle Ogive ne se serait séparée à aucun prix, décoraient les salles éclairées par une lumière adoucie tombant à travers des carreaux sertis de plomb. Un crucifix de vermeil, rapporté d'Italie, ornait la cheminée ; des vases de fleurs jetaient leur note gaie sur les fonds obscurcis et répandaient un parfum discret, semblable à celui des consolantes vertus abritées sous ce toit modeste.

Ogive avait quarante ans à peine, une haute taille, mince et droite, à laquelle les habits collants de l'époque contribuaient à donner une rigidité plus ascétique que disgracieuse. Rien n'était assoupli dans ce corps frêle et nerveux, et l'on était tenté de prendre l'attitude infléchie de demoiselle Ogive pour une sorte d'élancement vers le ciel. Ses pieds effleuraient la terre, son âme n'y habitait pas. Ses grands yeux bleus, doux et purs, conservaient le fluide charmant de la jeunesse, et quand la gravité de son visage s'éclairait d'un sourire, rien ne pouvait être comparé à la grâce de cette pâle figure de sainte couronnée de cheveux blonds. Ogive ne portait point le hennin contre lequel frère Richard avait tonné du haut de la chaire; une sorte de coiffe de velours noir, devançant la mode qui en devint générale sous Charles VIII, couvrait en partie ses cheveux naturellement ondés et relevés en dessous, de façon à ne point dépasser la hauteur des épaules. Une robe de serge violette, dont l'extrémité couvrait les pieds modestement chaussés de souliers sans pointes, dessinait le corps frêle qu'un artiste eût volontiers copié pour en faire l'ornement d'une niche dans le portail feuillu d'une cathédrale. Un fichu blanc ajoutait à l'aspect austère et paisible de cette toilette que ne relevait ni une fibule, ni une bague, ni un collier.

Et cependant malgré, ou plutôt peut-être à cause de cette simplicité, Ogive ne pouvait passer dans les rues de Rouen ou traverser, recueillie, la grande nef de Notre-Dame, sans qu'on se détournât pour la voir; elle édifiait et charmait par son expression et par son attitude ; et cette beauté intime, faite de pureté et de grâce, n'était encore rien à côté de la parole touchante, de l'éloquence de cœur que possédait la sœur du chanoine.

— Dieu vous a faite pour consoler ! lui disait souvent celui-ci.

Aussi toutes les aumônes du frère passaient par les mains de la sœur; il croyait les embaumer d'une bonté plus touchante en les lui laissant répandre.

Chaque samedi, quand elle revenait de la messe matinale, Ogive voyait les abords de sa maison encombrés de vieillards assis sur les bancs de pierre, de malades pâlis par la souffrance, de jeunes mères, de petits enfants. De loin, elle leur souriait, afin de les encourager d'avance à exposer leurs misères ; les écouter ne lui suffisait pas, elle les prévenait. Avant que la mère racontât sa détresse, Ogive caressait l'enfant; elle tendait la main aux infirmes qui collaient leurs lèvres sur ces doigts saintement prodigues. Elle pénétrait dans le logis dont la servante Marianne lui ouvrait la porte, et, lentement, après elle, entraient ses pauvres, ses clients, ses amis.

Elle les recevait dans une vaste pièce entourée de hauts dressoirs chargés d'objets de toutes sortes. Les aliments réconfortants, les vêtements couvraient ces crédences ; les remèdes n'étaient point oubliés, et le grand nombre de pots, de fioles et de rouleaux d'onguents, placés sur une étagère à côté de bandes de fine toile, prouvaient que la sœur du chanoine possédait, ainsi que presque toutes les femmes de son temps, des talents dont un mire eût tiré moult honneur et profit.

Chacun s'avançait lentement ; pourquoi se seraient-ils pressés, ces pauvres gens ? Ils savaient bien que nul d'entre eux ne quitterait le logis du chanoine sans être réconforté, soulagé, allégé des doubles misères de la chair et du cœur. Les vieillards s'approchaient la main tremblante et tendue, et à chacun Ogive donnait l'encouragement et l'aumône. Souvent un malheureux amenait un pauvre être plus misérable que lui, et, afin de rendre encourageant l'accueil fait à celui-là, Ogive doublait pour lui l'aumône habituelle, touchante façon de remercier ceux qui s'adressaient à sa pitié. Les malades, les infirmes restaient les derniers.

Ils s'asseyaient sur des sièges de bois, Marianne apportait un bassin et Ogive, se ceignant d'un linge blanc, pansait de ses mains délicates les blessures inguérissables, les plaies hideuses, les infirmités rebutantes pour toute autre que pour cette admirable fille.

A leur tour, ceux-là partaient en la bénissant, s'étonnant au fond de leur âme que l'attouchement de cette sainte ne suffît point pour les guérir.

Un samedi, une jeune femme, plus timide que ses compagnes, n'osa point franchir le seuil du logis du chanoine.

Ogive croyait ses audiences terminées, quand, se penchant au dehors de la croisée pour y placer un vase rempli de tiges de lis,

elle vit, assise sur l'un des bancs de pierre, une jeune femme pâle
qui lui était inconnue.

Au bruit que fit la fenêtre en s'ouvrant, l'enfant leva la tête, Ogive
lui sourit et l'enfant dit à sa mère :

— La dame nous appelle, viens !

La jeune femme entra.

— Auriez-vous donc peur? lui demanda doucement Ogive ; vous
ne me connaissez pas ?

— Pardon, noble demoiselle, je sais que vous venez en aide aux
misérables, et que vous portez bonheur à ceux qui vous approchent.

— Comment vous nommez-vous ?

— Huguette... La vieille Isabeau m'a chargée de vous rapporter
son fil... la pauvre est mâlement éprouvée à cette heure, et j'ai
passé la dernière nuit à la soigner. Si la benoîte Vierge Marie ne
vient à son aide, et si vous ne continuez à la secourir, Dieu sait ce
qui adviendra d'elle !

— Oh ! je ne l'abandonnerai point, croyez-le ! Comment avez-vous
connu Isabeau?

— Un jour qu'elle filait sur sa porte, je lui ai demandé si elle
pouvait me procurer de l'ouvrage... Elle a partagé avec moi le lin
que vous lui confiez, et je vis grâce au salaire gagné par ce travail... Mais Isabeau, se voyant plus faible, a songé que, si elle me
manquait, je n'aurais plus personne à qui m'adresser, et je viens
de sa part...

— Soyez la bienvenue, Huguette ; je remercierai Isabeau de sa
bonté pour vous... Voyons votre fil...

— Le voici, dit la femme de Donat en tendant ses écheveaux.

— Ils sont blancs comme neige, et le fil est d'une finesse... Qui
l'a filé, vous ou votre vieille amie ?

— Les doigts de la pauvre femme étaient bien roides, cette semaine ; en me couchant plus tard, en me levant matin, j'ai fait
tâche double.

— Venez, dit Ogive, je vais vous confier mon plus beau lin...

La sœur du chanoine poussa la porte de la « salle des pauvres »
et traversa un couloir à l'extrémité duquel se trouvait la lingerie.
Dans cette pièce, la lumière entrait à flots, et quand Ogive ouvrit

es battants d'une vaste armoire, Huguette en vit les planches cou-
vertes de paquets de lin ou d'écheveaux prêts pour le tissage.

— De tous les environs, dit Ogive, on m'envoie le lin le plus
blanc ; je le paie fort cher, quand je le paie... ajouta l'angélique fille
en souriant, car chacun se fait une joie de contribuer au luxe avec
lequel j'entretiens Notre-Dame de nappes d'autels, de nappes de
communions, de manipules. Je veux du fil impalpable, et quand le
tisserand me rapporte un pièce de toile souple et fine, j'éprouve une
grande joie à songer qu'elle est destinée au service des autels. Il
me semble honorer de la sorte les pauvres langes de Jésus, le
linge dont il se ceignit le soir de la Pâque, le voile de Véronique sur
lequel se reproduisait sa face adorable, la cipagne entourant son
corps durant la Passion, et le saint suaire qu'il laissa dans son tombeau après sa résurrection glorieuse.

Huguette regardait Ogive pendant que celle-ci parlait. Une sainte
exaltation brillait sur le visage de la sœur du chanoine ; ses mains
s'étaient doucement jointes, et, la lumière du vitrail frappant en
plein cette angélique créature, elle semblait trop belle, trop rayon-
nante, trop pure pour rester dans ce monde.

Dizier, dans son intuition d'enfant, devina une partie du mystère
de piété et d'amour caché dans cette âme sans tache, car il tendit
les bras en disant :

— Restez ! restez !

Ogive prit l'enfant dans ses bras.

— Vous devez bien aimer ce beau petit ange, dit-elle.

— Il est toute ma vie ! répondit Huguette.

— Son père est mort ? demanda la sœur du chanoine.

— Non, demoiselle, il existe ; nous demeurons ensemble, il exerce
le métier de taillandier.

— Et vous habitez ?...

Huguette rougit.

— Je voudrais bien pouvoir changer le nom de cette demeure,
car il me semble qu'elle me portera malheur, bien que je l'aie puri-
fiée par l'eau bénite et sanctifiée grâce à une image de Notre-Seigneur... Je loge dans l'ancienne maison de l'Égyptienne...

— La Maison du Sabbat?

— Hélas ! oui.

— Vous aviez raison, tout à l'heure, dit Ogive en surmontant le mouvement plein de répugnance dont elle n'avait pas été maîtresse... le démon a été chassé de votre demeure par vos prières et par la présence de ce petit chérubin.

Ogive eut un moment la pensée d'interroger Huguette sur sa pâleur et la tristesse de son visage ; elle ne l'osa point. La charité possède des délicatesses infinies ; Ogive chargea les bras d'Huguette de paquets de lin, mit dans la main de l'enfant le salaire du travail rapporté, salaire qu'elle doubla en songeant à la vieille Isabeau, puis elle dit avec une pénétrante douceur :

— Le samedi, tout le monde rentre ici comme dans le palais du Roi dont parle l'Évangile ; mais à toute heure, Huguette, à toute heure, entendez-vous, j'écoute le récit des misères humaines, et mon digne frère, messire Aloys Le Bouteiller, prête l'oreille aux souffrances de l'âme.

— Merci ! merci ! dit Huguette dont une larme voilait les yeux.

— Soignez Isabeau le plus que vous pourrez, et annoncez-lui ma visite. Au revoir, Huguette, et ramenez-moi ce bel enfant.

La femme de Donat quitta la maison du chanoine toute réconfortée ; il lui semblait qu'Ogive l'adoptait et que tout changerait désormais autour d'elle.

La sœur du chanoine reprit sa place à la fenêtre, entre les grands vases de lis, et, voyant s'éloigner la pauvre femme, elle murmura :

— Je vous bénis de me l'avoir envoyée, Seigneur ! Il me semble que vous me confiez une grande infortune à secourir !

Ogive ne tarda pas à quitter la croisée, et, rentrant dans le grand couloir, elle se dirigea vers une pièce silencieuse, mais dans laquelle, même de loin, on devinait la palpitation de la vie.

Elle ouvrit lentement la porte, doucement, et se glissa plutôt qu'elle n'entra dans une salle carrée recevant d'en haut une généreuse lumière.

Autour de cette pièce se trouvaient des bancs et de hautes tables, et autour de ces tables, studieux et recueillis, travaillaient une dizaine de jeunes gens, sous la surveillance de deux maîtres.

De grandes feuilles de parchemin s'étalaient devant les scribes et les peintres. Les uns puisaient dans des godets le bleu d'outre-mer, le pourpre, tous ces tons d'une finesse idéale et d'une transparence dont rien n'a surpassé la fraîcheur et l'éclat, puis ils enluminaient les pages d'un missel merveilleux, mettant une sorte de ferveur dans la façon dont ils rendaient la grâce de l'Enfant-Dieu, la virginale beauté de Madame Marie, Empérière du monde, l'expression de souffrance du Sauveur des hommes.

A côté d'eux, les scribes copiaient, en caractères gothiques gras et fleuris, le texte du livre sacré, ménageant la place des lettres majuscules qui devaient après coup être écrites en rouge, et surtout celle des lettres onciales, pour lesquelles le dessinateur et l'enlumineur déployaient le goût bizarre et charmant de cette époque. Enfin deux des plus jeunes clercs avaient pour unique occupation de poser au front des saintes les cercles d'or de leurs auréoles ou les rayonnements de leurs nimbes, de broder les manteaux des rois, d'enrichir leurs ceintures, et de mêler à l'ornementation des palais, à la splendeur des costumes, les merveilles d'une orfèvrerie dont le relief nous surprend encore.

Aucun des travailleurs ne leva la tête au moment où Ogive franchit le seuil de la salle de travail.

— Eh bien ! messire Ænéas, demanda-t-elle en s'adressant à celui des vieillards qui recevait les feuilles de vélin et les enfermait dans les plis d'un vaste portefeuille, ce labeur avance-t-il ? Pourrai-je bientôt offrir à mon docte frère le livre d'*Évangiles* que vous m'avez promis de parachever ?

— Avant trois mois, noble demoiselle.

— Oh! ne vous hâtez pas trop, quelque désir que je témoigne... Mieux vaut travail parfait que grande impatience... Voyons les feuillets terminés... Oh ! la touchante scène, maître Ænéas ! Que cette Vierge partant pour l'Égypte avec son petit Enfant est belle et douloureuse tout ensemble !... Avec quelle angoisse elle serre contre son sein virginal le divin Enfantelet !... Bien, bien, Amiel ! je suis vraiment contente !... Et ces Vierges Sages, quelle contenance digne et simple !... Où avez-vous trouvé semblables figures, Loysel ?

— Je vous ai vue passer !.. répondit le jeune homme.

— Point ne vous pardonnerais cette louange sans l'excuse de

votre talent, Loyset ; continuez à peindre de la sorte, et ne retombez plus dans votre faute, qui me pourrait inciter au damnable péché d'orgueil.

— Le péché des anges, répliqua l'incorrigible Loyset.

— Il n'en fut que plus grand... Quoi ! Dieu avait prodigué à Lucifer et à ses compagnons l'intelligence infinie, l'immatérialité, la beauté souveraine, et, non contents de ces faveurs inestimables, ils ont voulu davantage, ils ont osé aspirer au trône du Seigneur, au gouvernement du ciel !... Ne vous y trompez point, Loyset, Dieu se montre plus indulgent pour les péchés de la pauvre créature humaine sur laquelle rejaillit la fange dont elle fut formée, qu'il ne le sera pour cet orgueil dont vous parlez... Le Sauveur est venu racheter l'homme déchu de ses privilèges, il n'y eut point de salut pour les anges rebelles !

— Je jouis par avance de la surprise et de la joie de votre docte frère quand il recevra ce livre parachevé, relié d'émaux et brillant d'orfèvrerie ! dit maître Ænéas en jetant sur Loyset un regard de compassion.

— Certes, répondit Ogive, il sera bien heureux ! Mais ne croyez pas qu'il le garde jalousement ; sa plus grande satisfaction, après celle de l'avoir reçu, sera de l'offrir au chapitre de Notre-Dame.

— Noble demoiselle, demanda le vieillard, mettrons-nous à la dernière page une formule de malédiction contre celui qui déroberait ce manuscrit ?

— Non, fit Ogive, ne condamnons, ne maudissons personne, même les coupables.

— Cependant ce livre est de si grand prix !

— Qu'importe ! Une âme vaut mille fois davantage !

— Je me souviens, reprit Ænéas, avoir vu le fameux manuscrit d'une ancienne chronique des rois de France appartenant à un abbé de Saint-Denis ; le Parlement en demanda communication, mais il ne put l'obtenir qu'en donnant récépissé, lequel fut enregistré, le 14 avril 1328, au trois cent dix-huitième feuillet des *Olim*... J'ai pu, par grande protection, parcourir cette chronique finissant par ces mots : *Notre* Sire *fit moult miracles par les saincts mérites du roy* Loys.

— Mais, demanda Ogive, n'avez-vous point travaillé à la copie du manuscrit *du Rassis* que fit copier le roi Louis?

— Oui, noble demoiselle, et ce ne fut point chose facile, même pour le roi notre maître, d'obtenir que l'École de médecine de Paris le lui prêtât pour en faire un double. Le roi Louis jura par toutes les Pâques-Dieu et la croix de saint Lô, rien n'y fit ; et on l'obligea à remettre un gage de son emprunt, lequel se monta à cent écus d'or et douze marcs d'argent, somme pour laquelle Jean de Ladriesche, président de la Cour des Comptes, engagea une partie de sa vaisselle.

— Et Louis subit cette humiliation ?

— Tout autant que Réginaldus Régis, qui demanda, la même année, à la Faculté, de vouloir bien communiquer un volume d'*Avicenne*, et qui offrit pour sûreté de ce prêt dix marcs d'argent. Seulement, Réginaldus n'ayant pas de vaisselle à vendre, son gage fut trouvé insuffisant, et il ne copia pas *Avicenne*.

— J'ai parcouru la Bible manuscrite de la collégiale de Dreux, dit Ogive, et je vois que votre œuvre surpasse de beaucoup celle de Roger, chargé par Thomas, grand-maître de la maison de Louis Gervais, sous Louis VI le Gros, d'exécuter cette merveille.

— Ne me louangez pas trop ; ma main est devenue lourde, ce sont ces élèves qui travaillent : Loyset, Amiel, Sylvius ; un mot de vous les encouragera plus que tous mes éloges.

— J'apprécie leur zèle, dit doucement Ogive : sans leur dévouement, je ne pourrais continuer mon œuvre... Tandis que mon digne frère emploie ses revenus au soulagement des pauvres, et ne se croit point le droit d'en distraire la moindre parcelle, je consacre mon bien à l'embellissement des autels, à la multiplication des travaux de clergie... Chacun de nous a fait sa part : j'ai pris le tabernacle ; lui, les malheureux !

Quand vous me livrez un nouveau manuscrit, je me réjouis de penser que les grands enseignements, les doctes paroles se répandront de plus en plus et que je suis l'instrument de cette diffusion sainte, plus précieuse aux âmes que la rosée à la terre brûlée par le soleil. Oui, merci mille fois à vous, maître Ænéas, et à vous tous, mes gentils imagiers ; copier la parole divine, c'est jeter aux quatre vents du ciel la semence de la vie !

Loyset leva sa belle tête brune.

— Noble demoiselle, dit-il, si vous remerciez, comment nous rendrons-vous grâce ? J'étais un enfant perdu, abandonné, dont le père succomba pendant les guerres de Jeanne la Pucelle, qui est au ciel près du grand Archange ! J'allais mourir, car ma mère était morte ; vous êtes entrée dans la chambre funèbre, et vous m'avez pris sous votre garde ; je ne vous ai pas dû seulement le pain qui m'a nourri, mais la science qui m'a éclairé. J'ai reçu de vous ce talent de miniaturiste dont vous parlez... tous mes compagnons vous gardent autant de douce remembrance que moi. Cette école d'enlumineurs fondée par vous est déjà presque célèbre... Et le jour où nous copierons, où nous peindrons pour vous un livre plus beau que le manuscrit de l'abbesse Herrade, et écrit en lettres d'or comme le manuscrit dont Adda, sœur de Charlemagne, fit don à l'abbaye de saint Mathias de Trèves, sera le plus jour de notre vie !

Le doux regard d'Ogive rayonna.

— Il est un présent plus précieux, dit-elle, et je vous prie de me l'octroyer chaque fois que puissance vous en sera donnée... C'est un si grand bien que le don de clergie, si grand qu'il équivaut souvent au don de grâce pour un coupable !... Vous l'avez reçu de moi, répandez-le ; de même que je vous recueillis, recueillez les autres... Formez des élèves, adoptez des frères.

Tous les jeunes scribes et les enlumineurs se levèrent.

— Nous le ferons ! dirent-ils, et, par le ciel, noble Ogive, cette promesse est aussi sacrée pour nous que le *vœu du faisan* pour les gentilhommes !

Ogive joignit ses belles mains pâles.

— Dieu vous garde ! fit-elle ; je suis trop payée !

Puis, souriant à maître Ænéas, elle sortit de l'atelier.

Quand elle rentra dans la grande salle sombre, Marianne venait d'y apporter une corbeille pleine de linge blanc et fin, que la bonne créature commença à calandrer et à parfumer de feuilles de roses, tandis qu'Ogive prenait dans un coffret une étole merveilleuse dont elle achevait la broderie.

Rien de chaste, de simple, de charmant comme ce réduit ; les deux femmes se taisaient : Marianne, par respect ; Ogive, parce que ses pensées portaient haut leur vol.

De temps en temps, les cloches de Notre-Dame, de Saint-Ouen, de Saint-Maclou lançaient leur note de bronze et d'argent, tandis que des couvents des Emmurées, des chapelles de la Madeleine, des Lépreuses, des tours des abbayes s'envolaient ces mélodies sacrées qui font tenir dans un nombre de sons restreint les sublimes invitations de la prière. Sous les fenêtres passaient des hommes affairés, des femmes levant sur le logis un regard reconnaissant. Plus d'une fois même un bel enfant grimpa sur le banc de pierre et approcha son frais visage rose des carreaux plombés afin de mieux voir Ogive. Elle travaillait, paisible, souriante, entrelaçant des fils d'argent et d'or dans l'habillement d'une sainte Cécile.

Jamais Ogive n'avait connu d'autres joies, dans la vie, que celles de la bienfaisance et du travail ; elle avait passé de la sorte sa première jeunesse, et verrait de même s'écouler la seconde ; puis elle arriverait à la vieillesse l'âme aussi pure qu'au sortir de ses voiles baptismaux.

Quand le jour baissa, Marianne rangea le linge et dressa la table, qui ne connaissait aucune des recherches du luxe. Sur la nappe très blanche s'étalaient des tranches de pain bis ; les soucoupes renfermaient des épices, des branches de fenouil ; une cruche de cervoise et un plat de viande froide complétaient le service.

La servante consulta l'horloge et dit à Ogive :

— Messire Le Bouteiller est en retard.

— Ma bonne fille, répondit Ogive, mon frère revient de Jumièges en bateau ; la rapidité de la course, l'exactitude de l'arrivée ne dépendent donc pas de lui. Je suis sûre, cependant, qu'il ne manquera pas de parole ; allume la lampe, nous filerons en attendant.

A peine la lampe répandait-elle sa lueur adoucie, que le heurtoir retentit sous une main familière.

Une douce expression de contentement illumina le visage d'Ogive et Marianne courut ouvrir en s'écriant :

— Voilà Messire Le Bouteiller en personne !

. . . . .

La cérémonie des funérailles s'acheva avec pompe. (*Voir page* 97.)

VI

UN NOUVEL HOTE

Deux hommes franchirent le seuil de la maison dont Marianne venait d'ouvrir la porte.

Le premier était le chanoine de Notre-Dame, messire Le Bouteiller, qui se retourna vivement vers un jeune homme se tenant respectueusement en arrière.

— Entrez, mon cher enfant, dit-il, entrez !

La servante enveloppa l'étranger d'un regard curieux ; puis, le trouvant évidemment de noble prestance, de douce et belle figure et jugeant qu'il avait l'air d'un jeune novice, sous la longue robe de laine dont les plis amples l'enveloppaient, elle lui fit sa plus belle révérence et précéda son maître dans la grande salle où se tenait Ogive.

Messire Le Bouteiller pressa les mains de sa sœur qui s'avançait souriante à sa rencontre :

— Élargis le cercle de la famille, lui dit-il ; j'amène un convive, un ami, un fils d'adoption.

— Nous l'aimerons, dit Ogive, nous essayerons de le rendre heureux.

Marianne plaça un nouveau tranchoir, un gobelet, avança des sièges, et, le chanoine ayant récité la prière, Ogive désigna un siège à l'étranger.

Celui-ci s'inclina et se dirigea modestement vers la place qui lui était indiquée.

Le repas familial fut servi par Marianne qui apportait au fur et à mesure les quelques plats composant l'ordinaire frugal du chanoine.

La sœur de messire Le Bouteiller n'était pas curieuse à la façon de Marianne ; mais elle s'assura tout de suite, par un rapide examen, que le nouvel hôte possédait une âme d'élite et un gentil esprit. Tout trahissait en lui des habitudes studieuses ; mais en même temps Ogive lut sur ce beau visage d'adolescent les traces d'une incommensurable douleur.

Avec des paroles pleines de bienveillance, elle essaya de nouer l'entretien avec son hôte ; mais celui-ci, étourdi, en quelque sorte, par la rapidité de la décision qu'il avait dû prendre, les préparatifs d'un voyage improvisé, le déchirement des adieux, ne semblait guère en état de répondre aux encourageantes paroles de la sœur du chanoine.

Messire Aloys Le Bouteiller le comprit; aussi, pour laisser à ses pensées celui qu'il voulait traiter en fils, commença-t-il pour Ogive une enthousiaste description de l'abbaye de Jumièges qu'il venait de visiter.

— Voyez-vous, ma sœur, dit-il de sa voix pleine et sonore, si je ne vous avais dans cette maison, et si je ne gardais la conviction d'être utile à plus d'un malheureux de la ville, je quitterais Rouen pour aller m'ensevelir à Jumièges. J'admire toujours combien les moines ont possédé entre tous les hommes le sentiment des beautés de la nature, qu'elles soient âpres et sauvages comme aux environs des monastères de la Trappe, paisibles comme dans les campagnes de Vallombreuse, ou bercées comme la presqu'île de Jumièges par le bruit incessant du fleuve.

Et combien on comprend que des hommes, séparés à jamais des vanités du siècle, éprouvent le besoin d'admirer l'œuvre de Dieu! Après avoir compilé les chartes anciennes, feuilleté nos plus anciens documents, tiré de l'oubli nos chroniques, quel repos ce doit être pour ces humbles savants d'errer paisiblement sur les bords de la Seine, de contempler la fécondité de ses plaines et la limpidité de son cours! Il semble que la ceinture bleue entourant les terres dont Clotaire et Bathilde firent don à Philibert et qui s'étendent de Duclair à Caudebec, contribue encore à isoler du monde les studieux habitants de cette sainte demeure.

J'ai presque envié le sort du vieil ami que j'y allais voir après une séparation de vingt ans! Je l'ai trouvé plus ardent, plus vivant que jamais, possédé d'un saint zèle pour la gloire de son abbaye, et jouissant du respect et de l'amour de tous ses moines. Avec quel bonheur il m'a montré en détail les merveilles de son chapitre et de ses cloîtres. Quelle force possède l'Église pour faire sortir de terre, avec une rapidité qui tient du miracle, des abbayes comme Jumièges dont le fer et les flammes ont fait par deux fois des monceaux de ruines. Des déprédations des Normands en 841 et en 851, il ne reste d'autre trace qu'un récit exact, circonstancié, fait par Guillaume de Jumièges dans ses beaux livres des *Gestes des Normands* (1).

(1) Les six livres de Guillaume, moine de Jumièges, qui écrivit au xiiie siècle, ont été rapportés par André Duchêne dans sa *Bibliothèque des historiens français*.

— Et, demanda doucement Ogive, vous avez visité le tombeau d'Agnès Sorel?

— Oui, ma sœur, ainsi que les salles formant l'appartement de Charles VII tandis qu'il habitait l'abbaye... La salle des gardes se trouvait entre l'infirmerie et le dortoir des moines. Mon ami conserve plusieurs marques de la munificence du roi...

Quel contraste cependant dans les choses humaines! ajouta le chanoine après une minute de silence : Charles VII a dépensé une somme considérable pour faire élever un mausolée à la dame du Ménil, et les cendres de Jeanne Darc furent jetées par le bourreau aux quatre vents du ciel, sur les rives de ce même fleuve qui baigne l'abbaye...

— Dieu a placé Jeanne dans sa gloire, et sa mémoire vit dans tous les cœurs! dit Ogive.

— Paix aux morts! ajouta le chanoine dont le doux visage s'était assombri tout à coup.

Ces doubles souvenirs avaient jeté une impression pénible sur les esprits; la conversation tomba soudainement; messire Le Bouteiller se leva, alluma un cierge de cire jaune, dit à sa sœur un affectueux bonsoir et conduisit son hôte dans la chambre que Marianne venait de préparer.

— Je vous souhaite un doux repos dans ma maison, Fulgence ! dit messire Le Bouteiller en posant une de ses longues mains blanches sur le front du jeune homme. Que les anges vous gardent, mon cher fils !

— Et qu'ils m'aident à vider mon calice d'amertume, mon Père.

— Vous avez un crucifix, dit le chanoine, c'est le refuge toujours ouvert dans les grandes épreuves : à genoux aux pieds de l'Homme des douleurs, toute souffrance s'apaise ; nos sanglots ne peuvent avoir que Lui pour confident... Priez, mon fils, priez ! qu'importe de gémir quand on a la foi, quand on garde une sublime espérance !... Regardez le ciel, Fulgence, et, si grand que soit votre désespoir, vous vous sentirez consolé !

Le jeune homme se laissa tomber dans les bras du chanoine avec un douloureux abandon.

— Je vous dirai tout, mon Père, et quand vous connaîtrez le secret de ma vie, vous comprendrez pourquoi je pleure et pourquoi je garde à peine la force de vivre.

— Vous êtes si las du voyage, mon enfant, si ému de votre départ de Jumièges !

— Qu'importe ! Je le sens bien, je ne fermerai point les yeux de la nuit ; non pas que votre maison ne soit hospitalière, mais je n'ai plus rien de familier autour de moi ; sur l'ordre de votre saint ami, le Père abbé, j'ai dû m'arracher à nos cloîtres, me séparer de mes jeunes condisciples, renoncer pour un temps du moins à l'espoir de rester à jamais dans cette demeure bénie... Je ne me retrouve plus moi-même... Si je ne vous ouvre tout de suite mon cœur, il me semble qu'il éclatera dans ma poitrine... Par pitié, veuillez m'entendre, comme vous écouteriez un homme en péril de mort...

— Parlez ! parlez ! dit le chanoine en serrant les mains de l'adolescent.

Le vieillard prit place dans une grande chaise à dossier formant au-dessus de sa tête une sorte de dais ; sur son invitation, Fulgence s'assit sur le degré du prie-Dieu au-dessus duquel s'élevait le crucifix.

— Mon enfance fut douce, heureuse, dit l'adolescent d'une voix lente ; mon père et ma mère m'aimaient uniquement, et le vieux chapelain qui avait été chargé de mon éducation ne cessait de répéter que j'étais admirablement doué pour les sciences théologiques. Si ma mère se réjouissait à ces paroles, mon père les écoutait souvent en fronçant le sourcil : il eût souhaité faire de moi un homme de guerre; mais, en voyant ma taille frêle et mon poignet débile, il comprenait bien que jamais je n'endosserais l'armure. D'ailleurs, la vue du sang répandu me faisait horreur; si la chasse me causait effroi et dégoût, qu'aurais-je ressenti en voyant un champ de bataille ? La seule pensée de lever une épée et d'en frapper un homme dans lequel je voyais mon frère m'eût rempli d'épouvante.

Mon père cachait au fond de son cœur le secret d'une déception amère, cependant il ne m'en témoignait pas moins une grande tendresse. Elle me touchait d'autant plus que je comprenais ses regrets inavoués, ses espérances déçues. Ce chevalier qui s'était battu en héros, et restait à cheval deux jours et deux nuits sans mettre pied à terre, sans quitter l'armure, dont les plus vaillants citaient les prouesses, me semblait grand à la façon des héros d'Homérus dont le chapelain me faisait lire les étonnantes aventures. Tandis que je restais dans la bibliothèque avec le vieux prêtre qui m'enseignait la belle latinité, mon père chassait à outrance depuis que la guerre était finie avec les Anglais... Chaque matin c'étaient des sons de trompe, des abois de meutes, des appels de veneurs, des hennissements de coursiers. Je me mettais à la fenêtre, m'égayant de ce bruit, de ce vacarme ; mais le soir, tandis que la curée avait lieu aux flambeaux dans la grande cour du manoir, je me cachais pour ne pas voir les cadavres ensanglantés des cerfs, des biches et des chevreuils.

Je vous ai dit que mon père était brave ; j'ajouterai qu'il était bon et sévère tout ensemble. Capable de vider un sac d'or dans les mains d'un mendiant, il se montrait inflexible pour les pillards, les voleurs, les braconniers. Nous n'étions plus au temps où le duc Rollon faisait suspendre aux croix des chemins des bagues et des bijoux de prix, afin de prouver qu'il n'y avait point de malandrins en Normandie... D'ailleurs, pour un grand nombre de gens peu éclairés, le braconnage n'est pas un vol... Or mon père tenait pardessus tout à maintenir ses droits, et une armée de gardes sillonnait sans repos les forêts, afin d'arrêter les coupables et de les punir de leurs délits.

Je suis convaincu que, s'il maintint exactement ses prérogatives, il ne fut jamais ni cruel ni injuste... J'en puis répondre, moi qui l'ai toujours vu pitoyable et doux... Cependant, c'est sans doute à une vengeance que nous devons attribuer sa mort...

Il quitta le château un soir sans escorte, accompagné seulement d'un page ; le lendemain nous ne le vîmes point revenir... L'angoisse s'empara de ma pauvre mère... Elle envoya des courriers, des messages dans toutes les directions... Nul ne put nous apprendre ce qu'était devenu ce vaillant seigneur, ce père affectueux, cet époux si digne de tendresse... Une inspiration de ma

mère nous vint en aide pour apprendre la vérité... Après avoir
fait flairer à deux lévriers danois les habits de mon père, elle
les laissa aller, en commandant de les suivre... Ils aspirèrent
le vent, flairèrent le sol, parurent d'abord incertains de la route
à suivre, puis, après avoir décrit de longs circuits, s'élançant du
côté de la forêt, ils s'y enfoncèrent... Des gardes les virent s'arrêter
tous deux près d'un endroit où le sol se trouvait légèrement
exhaussé; puis ils fouillèrent rapidement de leurs pattes, tandis
qu'ils poussaient des aboiements lugubres. Un moment après,
les hommes du château virent avec une horreur mêlée de désespoir apparaître un lambeau de vêtement, une main, un corps tout
entier... C'était le cadavre du petit page... et au-dessous se trouvait celui du maître... Mon père! on avait assassiné mon père!...

— Pauvre, pauvre enfant! dit le chanoine profondément remué
par le récit du jeune homme.

—Nous étions, ma mère et moi, dans l'oratoire quand le chapelain nous y rejoignit. Sans rien nous révéler de l'affreux malheur
dont il avait la certitude, il tomba à genoux et commença le *De
profundis*...

Un cri de ma mère lui répondit; elle venait de comprendre le
malheur qui la frappait :

— Mort, dit-elle, mort !

— *Miserere mei, Deus*... ajouta le prêtre.

Nous restâmes une minute douloureusement enlacés, ma mère et
moi, nous étreignant sans parler, accablés par le sentiment de notre
douleur. Dominant nos pleurs et nos sanglots, la voix du chapelain
s'élevait pour répéter les prières latines, et la cloche de la chapelle
tintait le glas du maître que ses domestiques rapportaient dans la
salle basse... Nos larmes, l'accent du chapelain, les sons étouffés
de la cloche s'unirent, se mêlèrent, et, par un mystère adorable
des choses de la foi, contribuèrent à apaiser la première violence
de notre douleur... Ma mère s'appuya plus résolue sur mon bras,
et nous descendîmes... Ce fut cette femme admirable qui ensevelit
l'époux tant regretté; nous le veillâmes ensemble. Au moment où
on le déposait dans la bière ma mère dit avec une sauvage expression de douleur :

— Venge-le, Fulgence, venge-le !

— Ah ! Madame, répondit le chapelain, pourquoi faire ainsi appel à des sentiments de vengeance ! Voulez-vous donc ruiner dans cette jeune âme les vertus de charité et de pardon ?

— Je souffre trop, répondit ma mère, je souffre trop !... L'exercice de la justice est un droit, et non pas un crime... Il est le chef de la famille ; à lui de chercher, de trouver les assassins de son père, de les châtier !

Puis, se tournant vers moi et saisissant nerveusement ma main qu'elle tint un moment étendue sur le cadavre avec une sorte de violence :

— Jure, dit-elle, sur cette dépouille sacrée de ne jamais épargner le meurtrier !

— Je jure, répondis-je, d'agir en fils respectueux, de vénérer et de faire honorer la mémoire de celui qui n'est plus... Mon père a été traîtreusement assassiné : si jamais le criminel est amené devant moi, je ferai justice, oui, je ferai justice en votre nom et au mien !

— Me voilà tranquille, dit-elle.

La cérémonie des funérailles s'acheva avec pompe ; les couvents enrichis par mon père, les vassaux qu'il protégeait, le clergé des villes voisines, qui lui devait mille services ou dons utiles, se joignirent à notre deuil, et si une telle affluence d'amis, si des démonstrations de douleur universelle et sincère pouvaient alléger la souffrance, la nôtre eût reçu l'unique consolation qu'il fût possible de lui apporter...

Mais les regrets de ma mère, pour se manifester aussi hautement, n'en restèrent pas moins amers... Sa piété les adoucit sans doute, mais sans les guérir... le choc qu'elle venait de recevoir brisa les faibles ressorts de sa vie... Elle se mourait de sa douleur, sans trouver dans ma tendresse pour elle la compensation du bien qu'elle avait perdu... Que de fois je l'ai vue pleurer ! Que de fois, me pressant sur sa poitrine, elle m'a supplié de lui pardonner de mourir... Quelle cruelle agonie, mon Père ! Elle dura trois années ! Le chapelain s'efforça vainement de rattacher ma mère à l'existence ; pour se conformer aux exhortations du saint prêtre, elle tenta elle-même des efforts surhumains... Mon père l'appelait, disait-elle, et elle allait à lui à travers mille angoisses, mille souffrances, je dirai presque mille remords.

J'avais tant souffert de la mort de mon père, que l'abattement d'une morne douleur me laissait à peine la conscience de la nouvelle épreuve qui me menaçait... Ma mère était auparavant frêle et faible, maintenant ce n'était plus qu'une ombre mais elle restait encore assise à sa place ordinaire dans le retrait de la croisée... Elle brodait encore des ornements pour notre chapelle, elle lisait toujours dans le beau missel enluminé dont mon père lui fit présent le jour de son mariage... Je ne voyais pas, je ne voulais pas voir qu'elle s'étiolait, que le souffle manquait à sa poitrine, que la fièvre brûlait son sang, que chacun de ses soupirs pouvait être le dernier... Quand elle me pressait contre elle, s'attendrissant sur moi, pleurant, s'accusant de faiblesse, je tâchais de me persuader qu'elle exagérait son mal... Je ne la quittai plus, j'absorbai les heures suprêmes de cette vie près de s'éteindre... Elle expira dans mes bras, en murmurant :

— Fulgence, tu as juré... prie pour ma pauvre âme... je n'ai pas eu la force d'un pardon généreux...

Elle m'embrassa avec tendresse, étendit les mains sur mon front, puis elle ajouta :

— Le Sauveur pardonnait à ses bourreaux... Mon Dieu ! je remets mon âme entre vos mains...

— Ce fut tout ! mon Père ! l'expression de calme qui se répandit graduellement sur son visage me prouva que la pensée suprême de ma pauvre mère avait été non plus pour la vengeance, mais pour la miséricorde...

Qu'allais-je devenir maintenant, dans l'inexpérience de ma jeunesse, après ce double deuil ?

Je ne songeai pas un instant à rester dans le château où tout me rappelait des souvenirs de meurtre et de deuil... Malgré mon affection pour le chapelain qui m'avait élevé, je résolus de m'en séparer au moins pour un temps ; mais, afin de ne point mettre l'irrévocable entre le présent et l'avenir, je ne changeai rien à la vie habituelle que l'on menait au manoir : les serviteurs furent conservés, j'assurai à mon docte et saint ami un revenu suffisant pour lui permettre de continuer à répandre des bienfaits autour de lui et à soulager les pauvres gens du comté ; puis je partis pour Jumièges...

J'avais un jour visité cette abbaye avec mon père ; elle avait laissé dans mon imagination un souvenir de calme, de repos, d'austérité, de labeur...

Ne pouvant mourir, je résolus de vivre là désormais, de travailler, comme les savants moines, à relater les chroniques, à copier les manuscrits... D'ailleurs, en me cachant dans cette retraite, je pouvais garder la certitude de ne jamais me trouver en face de l'assassin de mon père... Tandis que si je continuais à demeurer au château, un événement imprévu, une dénonciation le pouvaient mettre en ma présence... Et souvent, oui souvent je sentis à l'acuité de ma douleur que l'exercice de la justice se fût pour moi appelé d'un autre nom...

Jumièges, c'était bien l'asile qu'il me fallait, non pour oublier, car on n'oublie point de semblables douleurs mais pour puiser dans la foi le courage de dominer sa souffrance. Je demandai à être reçu en qualité de novice, le révérend Père abbé objecta mon tout jeune âge... J'ai compris depuis qu'il ne voulait point abuser de la prostration de mon esprit afin de m'imposer le joug que j'implorais... Chaque fois que je renouvelai ma prière, il trouva à m'opposer de nouvelles objections. Je sentais trop mon peu de valeur pour insister ; ma science était si loin d'égaler celle des moines, ma ferveur approchait si peu de celle des novices, que je comprenais le refus du Père abbé! Un jour, cependant, voyant que le découragement s'emparait de moi, il me prit à part, dans sa cellule, et me dit avec une paternelle bonté :

— Mon fils, je vous étudie depuis trois ans, et j'ai placé en vous assez de tendresse et de confiance pour redoubler de vigilance dans l'examen de votre vocation... Vous ne serez pas moine! Dieu vous appelle à lui, et vous vous devez à sa maison, à sa gloire, mais dans un milieu plus vaste, plus ardent ! Les douleurs que vous avez ressenties deviendront fécondes, non pas seulement pour vous, mais pour tous les malheureux, si vous vous en faites un droit à l'apostolat de la consolation.

— Je ne compris pas tout de suite ce qu'attendait de moi le révérend Père abbé. Il le comprit sans doute à mon attitude car il poursuivit aussitôt :

— Oui, Fulgence, vous ne resterez point à Jumièges, vous ne porterez point de froc, néanmoins, vous deviendrez prêtre, et vous partagerez à tous le pain de la parole divine, et la vertu des sacrements. Vous serez prêtre, et quand tomberont à vos pieds des femmes sans époux, vous les convertirez en souvenir des larmes de votre mère... Lorsque des orphelins lamentables tendront vers vous les bras, vous rappelant les caresses paternelles, vous les serrerez sur votre poitrine... Vous avez assez gémi pour apaiser la souffrance, assez pleuré pour comprendre les hommes ! Vous demandez une robe de moine, vous prendrez l'habit du sacerdoce...

J'essayai de refuser, de lutter, ce fut en vain ; au nom de son autorité spirituelle, le Père abbé me courba sous cette volonté inspirée par Dieu...

Deux jours plus tard, Messire, vous arriviez à Jumièges. L'abbé me chargea de vous montrer en détail l'abbaye et ses terres, vous fûtes bon pour moi, je compris que j'aurais vite confiance en vous, et quand mon supérieur m'ordonna en me bénissant de vous suivre à Rouen, il ne me fut pas difficile de vous suivre, je vous accompagnai, sinon sans regret, du moins sans appréhension...

— Je vous en remercie, mon cher enfant, dit le chanoine. L'avenir vous prouvera, j'espère, que le saint abbé de Jumièges agissait suivant l'inspiration de Dieu... Il vous voyait une mission à exercer ; remplissez-la, mon fils, et croyez que vous avez seulement changé de père, en quittant l'abbaye pour la maison du chanoine de Notre Dame.

— Le sacerdoce m'effraie, mon Père !

— Quand le Sauveur voulut laver les pieds de Simon avant la cène, l'apôtre se recula en répétant : « Seigneur, retirez-vous de moi, car je suis un pécheur! » Mais le Sauveur, qui savait cet exemple nécessaire, lava les pieds de Simon et l'admit à sa table... Nous ne sommes pas dignes ! Mais une des plus grandes preuves d'amour et de respect que nous puissions donner à Dieu est d'accepter ses bienfaits non pas seulement avec humilité, mais avec

joie... Je vous ai dit : « Dormez en paix » ; je vous le répète,
mon enfant ! Votre cœur est allégé maintenant d'un grand poids...
Si je le pouvais, je vous aimerais davantage pour l'abandon que
vous me témoignez...

Le chanoine Le Bouteiller se leva de sa grande cattèdre.

— Prions ! dit-il.

Le jeune homme ploya les genoux.

Le vieillard s'agenouilla à son tour auprès de Fulgence sur le
prie-Dieu, et tous deux répétèrent avec une ferveur égale la suprême invocation que l'Église adresse au ciel pour l'âme de ceux
qui ne sont plus.

Quand le jeune homme se releva, il dit au vieux chanoine d'une
voix douce :

— En quittant le monde, j'ai renoncé à toutes les vanités du
nom et de la fortune... peu m'importe aujourd'hui ce que fut mon
père... pour vous, pour tous, je désirerais m'appeller seulement
Fulgence, d'après l'autorisation de l'abbé de Jumièges, si vous
pensez que rien ne s'y oppose.

— Mon fils, répondit le chanoine, il sera fait suivant vos désirs :
vos secrets sont à vous et à Dieu.

Un soir il se rendit à la taverne de la *Pinte couronnée.* (*Voir page* 76.)

VII
DIZIER

Fulgence ne tarda pas à s'accoutumer |à la douce vie qui lui fut

faite par le chanoine et par sa sœur. Celle-ci apprit de messire Le
Bouteiller la dramatique histoire de l'adolescent. Avec l'angélique
bonté qui caractérisait Ogive, elle s'efforça de remplacer pour le
jeune homme la mère qu'il avait perdue, tandis que le chanoine
relevait le cœur blessé de l'adolescent par la grande passion du
dévouement à toutes les infortunes.

L'abbé de Jumiéges l'avait compris, au milieu du calme de la vie
monastique, les souvenirs de Fulgence se seraient conservés plus
douloureux. Souvent il l'avoua, en rougissant, au chanoine, la
voix de sa mère lui répétant de venger son père l'avait troublé
jusqu'au fond des entrailles. Des visions sanglantes passaient dans
ses rêves ; il s'éveillait couvert d'une sueur froide, dévoré d'angoisses, l'âme bouleversée à la pensée que le meurtrier était libre et
vivant ! Il s'accusait d'être un mauvais fils, de faillir à son devoir de
justicier. Tremblant, tout en pleurs, il courait se jeter aux pieds de
l'abbé, lui exposer ses scrupules, lui montrer sa blessure saignante.
La tentation de châtier l'assassin revenait sans cesse plus tenace,
plus ardente ; elle se collait à la chair du jeune homme avec sa
robe demi-monacale. Certes, sans un secours divin, l'infortuné
serait mort victime et martyr de cette lutte étrange entre ses
regrets, sa soif de justice et la loi divine qui lui commandait le
pardon.

Deux jours après son entrée dans le logis du chanoine, Fulgence
avait trouvé l'emploi de ses journées. Dès le matin il accompagnait
messire Le Bouteiller, d'abord aux offices de Notre-Dame, ensuite
dans tous les asiles créés à cette époque par une ingénieuse charité.
On n'exerçait pas alors *administrativement* la bienfaisance. La fondation, l'entretien des hospices restait un des soins, un des privilèges de l'épiscopat et des chapitres. L'Église gardait « ses trésors », comme le disait le diacre saint Laurent. L'aumône tombait
des mains libérales du prélat, du prêtre, dans les mains du vieillard, de l'infirme et de l'enfant. Les cours des couvents servaient
de réfectoires aux pauvres ; ils trouvaient deux fois par jour l'ali-
ment de la vie matérielle à la porte des monastères ; et, tandis que
les Bénédictins et les autres membres de savants ordres nous gardaient d'incomparables richesses intellectuelles, le revenu des

grandes abbayes servait à soutenir les populations affamées des quartiers indigents, à entretenir les hospices et les maladreries des faubourgs.

Chaque grand seigneur, en mourant, faisait une donation pour les déshérités de ce monde, sachant bien que les trésors laissés aux misérables ou voués à l'ornementation des autels étaient les seuls qu'il emporterait avec lui.

Après avoir fait visiter les hospices à Fulgence, messire Aloys Le Bouteiller voulut qu'il entrât dans la maison des *Lépreuses*, humbles filles que, malgré leur infirmité, le Seigneur trouvait dignes d'être agréées pour épouses, qui cachaient sous un voile leur face souvent effrayante, et répétaient les paroles de Job ou les chants de David au milieu des souffrances aiguës de leur chair rongée par un mal sans remède.

— Mon fils, disait le chanoine à Fulgence, je ne vous amène point dans ces lieux ouverts à toutes les souffrances humaines pour endurcir votre cœur par la vue de ces tableaux horribles... Je veux, au contraire, l'incliner de plus en plus vers la misère, la tristesse et le désespoir... Orphelin, je vous donne pour famille les vieillards sans enfants ; pour frères et pour sœurs, tous ceux à qui il ne reste pas même un ami. Je vous confie une charge de bénédiction et de pitié ; je remets dans vos mains des misérables d'autant plus chers à l'Église qu'ils sont plus abandonnés.

Fulgence accepta cette mission avec une sainte avidité. Son âme cessa de se replier sur elle-même à partir de l'heure où elle s'emplit de compassion pour autrui. Il étouffa sa propre douleur en épousant celles des infortunés. Les joies divines de la charité lui enlevèrent en partie le poids accablant des souvenirs.

Avait-il, d'ailleurs, le temps de songer à lui-même ? Quelle heure lui restait libre ? Ses visites chez les pauvres terminées, Fulgence poursuivait ses études théologiques ; elles étaient assez avancées pour lui faire espérer qu'il serait reçu dans les ordres sacrés aussitôt que le permettrait son âge. Une admirable ferveur ne tarda pas à faire de Fulgence un objet d'affectueuse admiration pour toute la ville. Ceux qui ne connaissaient point son nom, mais qui le voyaient passer dans les rues avec un cortège d'humbles clients, l'appelaient le *Frère des pauvres*. C'était une angélique nature que celle de ce beau jeune homme, et, plus d'une fois, Ogive demanda à son frère.

— Crois-tu donc qu'il vive? Il semble déjà mûr pour le ciel !

— Il vivra, répondait le chanoine, jusqu'à ce que son œuvre soit accomplie.

Un des grands délassements de Fulgence était d'aller, pendant une des heures lumineuses de la journée, admirer, plus qu'il ne les inspectait, les travaux des copistes de demoiselle Ogive. Il respirait à l'aise dans cette grande salle aux magnifiques verrières; la vue de ces jeunes gens, dont l'application au labeur ne détruisait pas la gaieté, le reposait de la vue des tableaux sombres; quelquefois les miniaturistes le consultaient sur un point théologique ou traditionnel, et Fulgence se trouvait de la sorte le collaborateur des imagiers.

Souvent il rencontra dans la salle des aumônes Huguette et le petit Dizier, et la vue de cette jeune femme pâle et de ce bel enfant lui remuait le cœur de compassion. Huguette ne se plaignait jamais; mais lui, qui avait tant souffert, devinait dans l'âme de la jeune mère une douleur sourde que rien ne pouvait guérir et que jamais elle n'aurait la force d'épancher. Une visite que Fulgence fit chez la vieille Isabeau lui prouva davantage encore les qualités de piété, de douceur de Huguette. Depuis que la maladie clouait la pauvre fileuse sur son lit, la femme de Donat ne restait pas un jour sans aller faire le ménage de l'infirme; elle y passait parfois la la journée tout entière; Isabeau comprenait alors que le mari de Huguette était absent.

D'abord la jeune femme trouva de loin en loin un jour de congé; bientôt elle vint enfin régulièrement pendant quinze jours de suite chez sa vieille, son unique amie.

Isabeau ne questionna point la jeune mère; mais elle vit son visage devenir de jour en jour plus pâle, et surprit plus d'une fois sur les joues de l'infortunée des larmes que celle-ci ne sentait pas couler.

Les paroles de Jacquet avaient porté leurs fruits. Donat, après avoir lutté contre la tentation d'aller rejoindre à la taverne de la

Pinte couronnée les dangereux amis du Routier du diable, s'y rendit un soir. Il demanda Gosier-d'Or, eut avec lui un long et mystérieux entretien; et quand il rentra dans la salle enfumée de la taverne un air d'audace farouche remplaçait l'espèce d'hésitation qui se trahissait dans toute sa personne au moment où il franchit le seuil de ce logis malsain.

Sa présentation ne fut pas longue. La cérémonie se borna à vider des pots de cidre et de cervoise, à échanger quelques mots d'ordre, à enseigner au nouvel adepte des signes particuliers au moyen desquels les membres de cette association étaient sûrs de se reconnaître. Les routiers burent amplement, et les gobelets d'étain furent si fréquemment vidés que Donat revint titubant à la montagne Sainte-Catherine, en fredonnant :

> Qui voudroit bons vers oïr
> Del depart du vieil caitif
> De deux biaux enfants petits,
> Micholete et Auscassins...

Quand il approcha de la Maison du Sabbat, Donat baissa la voix avec une sorte de honte; peut-être craignait-il de réveiller Dizier.

Pendant huit jours, il s'absenta chaque soir; le neuvième, quand vint l'heure du repas, il fouilla dans sa poche, en tira une poignée de monnaie d'argent, et la posa sur la table.

— J'ai faim, dit-il à Huguette d'une voix brusque; va chercher du lard, de la cervoise mousseuse et du pain frais.

La jeune femme prit trois pièces de monnaie et se disposa à sortir.

— Viens, Dizier, dit-elle doucement.

Donat se leva.

— L'enfant restera, dit-il; je ne le vois guère, et je l'aime pourtant.

— Je ne sortirai pas, dit Huguette.

— De quoi as-tu peur?

— Je crains que tu ne me le voles! dit-elle à voix basse.

— J'y ai pensé, répondit Donat sourdement.

— Tu vois, tu vois!

— Et je ne l'ai pas fait...

— Oui, mais qui me dit?...

— Je ne le ferai jamais! ajouta l'ancien braconnier.

L'accent de Huguette s'adoucit.

— Craindrais-tu donc de me faire souffrir?

— Je veux que Dizier soit heureux, voilà tout, et je le laisse... mais retiens ceci, à la condition que tu ne l'éloigneras pas de moi.

La jeune femme comprit que son mari disait vrai, et elle sortit.

Pendant son absence, Donat remit à l'enfant une partie de l'argent étalé sur la table :

— C'est pour toi; achète avec cela de beaux habits, des jouets...

Dizier sourit et serra l'argent dans un coin de la chambre.

Une demi-heure après, Huguette rentra.

Elle plaça devant son mari le lard qu'elle venait d'acheter, la cervoise écumant dans le pot de grès; puis à une petite distance de ce couvert elle prépara deux écuelles remplies de lait, et un pain noir.

Donat suivait les mouvements de sa femme avec curiosité.

— Votre repas est prêt, soupez, Donat, dit Huguette.

Puis, asseyant l'enfant près d'elle, la femme lui tendit son écuelle pleine de lait et prit ensuite la sienne.

— Qu'est-ce que cela veut dire? demanda Donat.

— Je ne comprends pas cette question, fit Huguette.

— Pourquoi manger ce pain noir et boire ce lait, quand voici sur la table bonne chair salée et boisson fraîche?

— Dizier et moi nous soupons ainsi tous les jours, répéta tranquillement Huguette.

— Mais alors la maison est sans provisions et ma poche vide... Aujourd'hui, ces victuailles ont bon air et appétissante odeur, et vous les partagerez avec moi.

— Excusez-moi, dit Huguette, n'insistez pas...

— La raison!... je veux connaître la raison qui vous porte à ne pas toucher cette boisson et cette viande.

— Mon fils et moi nous sommes pauvres... dit Huguette... le métier de fileuse ne rapporte guère, quoique damoiselle Ogive me paye plus libéralement que les autres travailleuses...

— Qu'importe! si je gagne de l'argent, moi?

— A quel métier? demanda Huguette qui se leva toute droite devant son mari.

— Il semblerait que je ne suis pas taillandier, par la benoîte Vierge !

— Sans doute, Donat ; mais vous n'exercez point besogne de compagnon...

— Vous êtes libre ! fit amèrement Donat. D'ailleurs vous m'avez toujours rendu la vie cruelle par vos soupçons.

— Mes soupçons ! fit Huguette.

— Oui... et puis je suis le maître !

— Vous pouvez aller à la perdition, Donat, vendre votre âme et exposer votre vie ! Mais, j'en jure par mon baptême, vous n'êtes pas libre de m'associer, en quelque sorte, à votre vie mystérieuse en m'obligeant à en partager les profits...

— Huguette ! fit Donat avec menace.

— Je vous obéirai, je suis votre femme et votre servante. Dieu m'a liée à vous, je porte mon joug... je garde vos secrets comme le ferait un prêtre... Mais vous me respecterez assez pour ne point m'obliger à partager le pain blanc que je n'ai pas gagné, à tremper mes lèvres dans ces boissons qui enivrent et dont vous avez besoin pour oublier.

Vraiment, tandis qu'elle parlait ainsi avec une calme assurance, Huguette était superbe d'énergie. Son âme rayonnait sur sa pâle figure, et ses yeux lançaient des éclairs.

— Prenez garde ! fit Donat en levant un broc d'étain.

— J'apprends à cet enfant à vous respecter, dit Huguette, ne détruisez pas mon œuvre...

Le misérable baissa la tête et laissa rouler à terre le broc d'étain, que la jeune femme replaça tranquillement sur la table.

Puis, tandis que Donat buvait la cervoise à plein gobelet, Huguette soulevait jusqu'aux lèvres de l'enfant l'écuelle de lait pur.

Le lendemain, Donat partit dès l'aube, et fut une semaine sans rentrer à la maison.

Il ramena un cheval de belle encolure, et trois jours après, ayant rempli la charrette de Jacquet d'outils de son métier, il s'éloigna

de sa demeure, après avoir serré brusquement Dizier sur sa poitrine.

A partir de ce moment, un mystère sombre enveloppa pour Huguette l'existence de son mari; quand il revenait au logis, l'or tintait dans une lourde escarcelle; mais Donat ne lui apprit jamais
par quel moyen il gagnait ses angelots, et, fidèle à son système,
Huguette continua à vivre de pain noir et des pauvres aliments
qu'elle gagnait avec son fuseau de filandière.

A demi abandonnée, seule dans cette maison dont le passé l'op-
pressait, la jeune femme, durant les absences de plus en plus
longues de Donat, se rapprocha de la seule créature qui la plaignît
sans la questionner. La demeure d'Isabeau devint la sienne. Le
morne compagnon de sa vie ne fit plus chez lui que de rares appa-
ritions.

Toute la personne de Donat avait subi un changement complet.

Son habillement tenait moins du travailleur que du soldat; s'il
ne portait point de lame au côté, il en cachait une dans sa poitrine.
Un justaucorps de cuir, bruni par l'usage, et sur lequel se voyaient
des taches de sortes diverses, emprisonnait son buste; un chaperon, tombant très bas sur le front, semblait couvrir d'ombre son
regard tour à tour fuyant ou audacieux. Une sorte d'ironie crispait
sa lèvre, tandis que l'audace éclatait sur ce front s'animalisant sous
l'empire de passions farouches.

Et cependant, malgré l'amertume de la vie, en dépit des soupçons qui lui rongeaient le cœur, Huguette ne se séparait point de
Donat. Elle lui parlait doucement, patiemment, lui obéissait comme
une servante, à moins qu'il ne lui ordonnât une chose incompa-
tible avec sa conscience; alors elle se relevait de toute sa dignité
de chrétienne et répondait : « Non » de telle sorte qu'il n'osait plus
insister.

Soit oubli, soit enfantillage, Dizier resta longtemps avant de
révéler à sa mère le secret de la cachette dans laquelle il avait ren-
fermé les écus d'argent donnés par son père. Mais un jour, entendant Huguette exprimer le regret de ne pouvoir acheter une belle
pièce d'étoffe dont elle eût fait un habillement complet pour elle et
pour son fils, Dizier posa ses mignonnes petites mains sur les yeux

de sa mère, lui fit promettre de ne pas les ouvrir, puis, la quittant, il alla, avec toutes les précautions mystérieuses qui sont ravissantes dans l'enfant, déterrer les pièces d'argent, qu'il laissa ensuite tomber, en souriant, sur les genoux de sa mère.

— Jésus Dieu! fit celle-ci, qu'est-ce que cela?

— De bel argent pour acheter la serge bleue.

— Et qui te l'a donné?

— Mon père... répondit l'enfant en souriant.

— Pourquoi me l'avais-tu caché?

— Afin de te ménager une surprise... Il y a beaucoup de belles choses dans cette somme, n'est-ce pas, mère?

— Oui, mon chéri, répondit la jeune femme.

— Alors nous allons sortir!

— Tout à l'heure, Dizier.

— Et tu achèteras la serge bleue?

— A moins que mon bon ange ne me donne une inspiration meilleure.

— Il te parle donc? demanda Dizier.

— Souvent...

— Et à moi? demanda l'enfant, à moi? Mais il répondit lui-même à la question qu'il venait d'adresser, car, se jetant dans les bras d'Huguette, il ajouta : Tant que les enfants sont petits, la mère est leur ange, n'est-ce pas?

Huguette le serra sur son cœur.

— Viens! dit-elle.

Les cloches sonnaient à toutes les églises, à toutes les chapelles ; la mère et l'enfant descendirent rapidement la côte Sainte-Catherine; Dizier serrait dans ses mains les pièces d'argent et riait à la pensée du vêtement de serge bleue qu'il porterait bientôt.

Huguette gagna les abords de la cathédrale. Des pauvres agenouillés sur le parvis se tenaient immobiles, la main tendue vers les chrétiens se rendant à la messe matinale. Les aveugles imploraient la charité d'une voix monotone, les éclopés glapissaient un cri d'appel à la pitié ; des vieillards mornes dans leur douleur, à peine couverts de haillons, répétaient une oraison à voix basse ; une femme jeune encore, hagarde, échevelée, mal couverte de

lambeaux sordides, rapprochait de sa maigre poitrine quatre innocents affamés mordant leurs poings pour ne pas crier de misère et
de souffrance. Quelques guenilles disparates nouées de ficelles,
rattachées avec des épines, dissimulaient mal leur nudité déchar-
née, leurs yeux, agrandis par la fièvre, se fixaient sur les passants
avec une fixité douloureuse; ce groupe attirait et effrayait tout
ensemble.

Huguette s'arrêta devant la misérable famille, et, la désignant
à son fils :

— Ceux-là sont tes frères ! dit-elle.

Dizier leva vers sa mère son beau regard candide; il crut y lire
à la fois une prière et une approbation, et, ouvrant la petite main
fermée sur les écus d'argent, il laissa tomber les pièces brillantes
dans les doigts maigres de l'un des petits mendiants.

Deux belles larmes roulaient dans ses yeux bleus quand il tourna
vers sa mère son visage d'ange.

— Maintenant, dit-elle, allons prier !

Une main caressante se posa sur le front de Dizier.

Trois personnes qu'elle connaissait bien entouraient Huguette.

C'était messire Loys Le Bouteiller, Ogive et Fulgence.

— Sois béni, mon enfant, dit le vieux prêtre; et si, dans ta can-
deur d'ange, tu souhaites un miracle du ciel, va le demander à
cette heure, au nom du Sauveur Jésus, dont tu couvris la nudité
dans la personne de ces pauvres; ce que tu souhaiteras te sera
donné !

La mère de Dizier leva sur le chanoine un regard avide, profond,
rempli de foi et d'angoisse.

Ogive ajouta en se penchant vers Dizier :

— Accompagne ta mère tantôt, quand elle viendra chercher du
lin à filer.

— Oui, damoiselle, répondit l'enfant.

Fulgence regarda l'intelligente figure de Dizier et dit à Ogive :

— Ne ferait-il pas un gentil clerc ?

Un signe de tête d'Ogive fut sa seule réponse.

La sœur du chanoine puisa dans son aumônière et distribua des
secours à tous les pauvres, qui l'attendaient et le bénissaient; puis

messire Le Bouteiller, Ogive et Fulgence entrèrent dans l'église, suivis à distance par Huguette.

Celle-ci se dirigea vers la chapelle de Saint-Romain, fit agenouiller Dizier près d'elle, et, se penchant vers lui elle murmura :

— Ce qu'a dit le saint chanoine est inspiré de Dieu, mon enfant ; tout ce que tu demanderas te sera donné...

— Je demanderai donc que tu ne me quittes jamais !

— Mon chéri, tu imploreras le ciel pour le salut de ton père !

L'enfant inclina gravement la tête.

Au moment où il allait sortir de la chapelle, il murmura :

— C'est que je voudrais bien quelque chose pour moi aussi... Le bon Dieu ne voudra-t-il pas m'exaucer deux fois?...

— Si, mon chéri !

Sa petite figure rose cachée dans ses mains, Dizier pria de nouveau : puis il se leva en se signant et suivit sa mère, dont le regard brillant s'attachait sur les verrières de la chapelle.

Un quart d'heure après, Huguette entrait dans le logis du chanoine.

Ogive l'attendait ; près d'elle, sur une table, se trouvait une belle pièce d'étoffe souple au toucher, douce au regard.

— Voici pour vous et pour Dizier, dit la sœur du chanoine ; j'ai ménagé une distraction à ce cher enfant, il va visiter avec moi la grande salle de la bibliothèque et des copistes.

A peine fut-il sur le seuil que Dizier poussa un cri de surprise et d'admiration. Puis bientôt, grâce à son intelligence précoce, il parut prendre un grand plaisir à regarder les enlumineurs puisant la pourpre ou l'azur dans les godets. Un travail spontané se faisait dans cette tête d'enfant ; et rapprochant subitement ce qu'il avait demandé à Dieu de ce qu'il voyait :

— Tout à l'heure, dit-il, j'ai dit à la benoîte Vierge que je souhaiterais apprendre à peindre des saints sur les vitraux, afin que les belles figures d'anges et de bienheureux me reçoivent un jour dans le ciel ; mais c'est aussi beau de peindre des pages de missels... Messire Le Bouteiller m'a dit de demander une grâce : je souhaite devenir peintre.

— Reste donc ici, dit Fulgence d'une voix douce.

— Et ma mère? demanda Dizier.

— Tu la consulteras, ajouta Ogive.

Une heure après, Huguette pressait sur ses lèvres les blanches mains d'Ogive.

— Dieu ne permettra pas que je souffre bien longtemps en ce monde, dit-elle; je puis mourir tranquille maintenant, mon enfant est entre les mains des anges.

On se mit à sonner les cloches d'une église. (*Voir page* 90.)

VIII

MONSEIGNEUR CHARLES DE NORMANDIE

Dans la grande salle de la maison du chanoine se trouvaient

groupés, autour d'une vaste table, messire Le Bouteiller, dont la belle tête blanche s'inclinait davantage, Ogive, plus pâle encore qu'autrefois, plus digne encore d'attitude, car les dernières grâces de la jeunesse ont disparu de son visage pour n'y plus laisser voir que les attendrissements et la gravité de l'âge mûr. Messire Le Bouteiller achève d'écrire une lettre ; l'aiguille d'Ogive court dans les plis d'une chaude étoffe destinée à la vieille Isabeau, et de temps à autre son regard paisible se repose sur un enfant à chevelure blonde, portant un joli costume d'écolier ; Dizier, penché sur un livre, apprend avec zèle la leçon indiquée ; il tient à recevoir un éloge du vieux chanoine, quand celui-ci lui fera réciter les vers de Virgile. Un peu plus loin, prenant des notes et les transcrivant sur des feuilles de parchemin, Fulgence poursuit la composition d'un traité théologique destiné à mettre en lumière son noble esprit et son grand cœur.

Fulgence n'est plus l'adolescent que nous connaissons ; le temps a marché pour tous les personnages de notre drame ; le protégé de messire Le Bouteiller a rapidement franchi les degrés de la prêtrise. Sa science et les miracles de sa charité l'ont rendu si populaire, qu'une place de chanoine étant devenue vacante, son vieil ami l'a demandée pour lui ; Fulgence s'est récrié comme indigne, le chapitre tout entier a fait violence à sa modestie, et, à l'heure où il travaille à son *Traité sur la Miséricorde*, il est le collègue, l'égal de celui à qui l'abbé de Jumièges le confia jadis.

Comme son ami le prévoyait, Fulgence a trouvé l'emploi de ses nobles et ardentes facultés dans l'exercice d'une charité sans trêve. Il s'oublie, il s'anéantit lui-même, pour ne vivre que dans la pratique du dévouement. Aussi messire Le Bouteiller reporte sur le jeune prêtre une tendresse profonde : Fulgence est l'enfant de son cœur ; il fait germer dans cette âme déchirée les sublimes vertus de l'abnégation ; il a pacifié cette pensée troublée. Les déchirants souvenirs de la mort tragique de son père se perdent dans un lointain adouci par la soumission à la volonté divine. Depuis qu'il monte à l'autel et porte dans ses mains l'hostie sacrée, Fulgence ne cesse de prier le ciel afin d'obtenir pour ses morts bien-aimés la paix et la joie. Ce que messire Le Bouteiller a fait pour Fulgence, celui-ci le rend à Dizier ; admirable chaîne de la charité chrétienne, dont le premier chaînon s'attache au Calvaire, dont le dernier se fixera au ciel.

L'enfant de Huguette, après avoir appris à lire, grâce à la patience d'Ogive, s'est mis bien vite à copier les manuscrits. Sa main est légère, il possède un goût délicat ; les grandes lettres gothiques qu'il invente approchent plus de l'art du dessinateur que de l'habileté du calligraphe. Quand il a terminé ses copies, il prend un crayon et dessine ; peu lui importe ce qu'il copie ; tout ce que produit la nature est digne d'entrer dans le royaume de l'art.

Ogive, remarque, cependant, la prédilection de Dizier pour les êtres faibles : insectes, oiseaux, plantes dédaignées ; il groupe tout cela dans des compositions un peu bizarres, d'où se dégage une grâce étrange. Il obtient des effets charmants avec un nid tombé sous l'arbre ; mille drames insaisissables pour tout autre que pour lui le passionnent jusqu'aux pleurs ; on dirait que les chagrins dont sa mère garde le secret passent mystérieusement de son âme dans celle de l'enfant ; sans qu'il sache d'où lui vient une sensibilité si exquise qu'elle atteint la souffrance, il sent en lui des cordes vibrantes de pitié, de douceur et d'amour pour tout ce qu'on proscrit, foule ou dédaigne.

A cette heure, il est impossible d'affirmer que Dizier aura du génie ; mais les marques d'un talent précoce se retrouvent dans toutes ses compositions. A mesure qu'il travaille davantage, il passe un plus grand nombre d'heures dans la maison du chanoine. Il chérit toujours sa mère ; mais celle-ci, comprenant que l'avenir, le salut de l'enfant sont dans le logis de messire Le Bouteiller, trouve le courage d'éloigner Dizier de la maison qu'elle habite, afin de l'envoyer chez damoiselle Ogive. Celle-ci, autant pour épargner à Dizier la fatigue de deux longues courses que pour rendre plus gaie la vie de Huguette, lui a offert un logement salubre et gai dans une honnête rue de Rouen. Huguette n'a pas osé accepter ce qui la réjouirait fort, car elle rougit de plus en plus d'habiter la masure de l'Égyptienne ; mais, au premier mot qu'elle a prononcé à ce sujet, Donat lui a répondu d'une voix qui ne souffrait pas de réplique :

— Où le mari demeure, la femme reste ; si vous quittez cette maison, Dizier ne vous suivra pas.

— Croyez-vous, demanda Huguette, qu'il soit séant d'habiter une maison jadis occupée par une renieuse de Dieu ? Ne songez-vous point à l'avenir de Dizier ?

— J'y songe ! répondit Donat d'une voix sombre ; croyez-moi, j'y songe plus que vous, Huguette... Vous lui mettez au bout des doigts une plume et un pinceau, moi je remplirai d'or son escarcelle, et je lui achèterai, un jour venant, le plus beau logis de Rouen, s'il en a la fantaisie.

« Je chéris l'enfant à ma manière, et c'est la bonne. Oh ! je sais bien, vous accaparez ses caresses, vous profitez de mes absences pour le détacher de moi. Chacun son tour, n'est-il pas vrai ? Je vous laisse l'enfance de Dizier, mais je prendrai sa jeunesse ! Quand il aura l'âge de comprendre le bonheur, de mettre de riches habits, de s'asseoir à une table bien servie, d'entrer dans des tavernes et de boire du vin de France, Pâques-Dieu ! comme dit le roi, vous verrez comme il quittera, sans se faire prier, l'atelier de clergie du chanoine de Notre-Dame !

— Taisez-vous ! dit Huguette, vous dites là des paroles impies. Ainsi votre rêve, votre espoir est de m'enlever un jour Dizier pour le pervertir, pour faire de lui...

— Le compagnon de son père ! voilà ce que vous voulez dire ?

— Oui, répondit Huguette en baissant la tête.

— Il y a des destinées ! dit Donat d'une voix farouche.

— Ces destinées, on les fait soi-même.

— C'est possible ; mais les rivières ne remontent pas vers leur source, et le cœur ne se corrige pas ! Je tuais le gibier jadis, dans les bois du sire de Châteauneuf, aujourd'hui je fais la guerre sous les capitaines de M. de Charolais. Je traque les soldats du roi Louis XI ; je suis pour le *Bien public* à ma manière.

— Malheureux ! fit Huguette, c'est votre vie que vous jouez !

— Soyez tranquille, fit Donat, je perdrai, et je vous ferai veuve.

— Ah ! vous blasphémez ! répliqua l'infortunée toute tremblante ; vous me méconnaîtrez donc toujours ! Malheureux ! mes reproches, mes craintes sont une nouvelle preuve qu'il reste encore en moi un peu de mon ancienne tendresse... Ce que vous venez de dire m'a fait froid au cœur... Ainsi le roi Louis le Onzième...

— Le roi gouverne mal, à ce que disent le comte de Charolais, le duc de Bretagne, le comte de Dampmartin et tous les autres... Ils ont fait la ligue du *Bien public*, et comme ils nous paient pour avoir nos bras et notre poitrine à leur discrétion, nous sommes pour le *Bien public*... Un bon état, d'ailleurs, d'être attaché à messire Charles de Bourgogne... de l'argent sans compter et la liberté du pillage... Oh ! le pillage !

Il s'arrêta un moment, puis il ajouta d'une voix sourde :

— L'enfant sera riche !

— Qu'il meure de faim à côté de ces indignes trésors ! dit Huguette.

Elle n'eut pas le temps d'adresser à son mari de nouvelles prières ; un coup sec fut frappé à la porte, Donat courut ouvrir, et un individu portant une sorte de costume d'homme d'armes pénétra dans la maison.

— Il y a du nouveau, dit-il. Peut-on parler ? ajouta-t-il en tournant la tête du côté de Huguette.

— Sortons plutôt, répondit Donat.

— Quand les deux compagnons furent à quelques pas de la maison, l'ami de Donat poursuivit :

— Rendez-vous général, ce soir, à la *Pinte couronnée*.

— Qu'y ferons-nous ?

— Gosier-d'Or nous apprendra la chose en détail ; je t'avertis d'avance qu'il s'agit de faire dans la ville une espèce d'émeute, et de crier de rue en rue de façon à troubler les bourgeois et à mettre la garde sur pied : « Monseigneur Charles, duc de Normandie ! Los et Noël pour monseigneur Charles ! »

— Voilà un cri capable de beaucoup nous altérer ! ajouta Donat.

— On nous paiera les rafraîchissements, répondit Griche. Viens-tu ?

— Autant commencer la fête tout de suite.

Les deux compagnons descendirent vers la ville, gagnèrent la taverne de la *Pinte couronnée*, dans laquelle les attendait Gosier-d'Or ; et, après avoir ingurgité le contenu de bon nombre de pots

de cervoise et enfoui dans leurs poches de bonnes pièces sonnantes,
les soudoyés du comte de Charolais se répandirent dans les rues
en groupes tumultueux, des torches à la main, et répétant le nom
du duc de Normandie, comme s'il était un signal de soulèvement.

Il ne fallait pas longtemps pour jeter l'effroi dans la cité ; des
garçons tapageurs pour qui le tumulte est un élément, des bourgeois curieux, des femmes affolées se joignirent à la bande de
Gosier-d'Or. Les soldats du guet parurent, sommèrent les émeu-
tiers de rentrer chez eux, et tentèrent d'arracher les torches qu'ils
tenaient à la main ; ceux-ci refusèrent de céder et crièrent au meurtre ; un archer blessa un compagnon de Donat à l'épaule. La vue
du sang porta le désordre à son comble ; on cria que le roi faisait
assassiner les manants ; on se mit à sonner les cloches d'une église
voisine ; les rues se remplirent d'hommes armés à la hâte, se demandant ce qui survenait, mais décidés pour la plupart à soutenir la
ligue du *Bien public*, à acclamer le nom du comte de Charolais, et
à se prononcer en faveur d'un nouveau duc de Normandie, surtout
si l'on déférait ce titre au jeune prince Charles, fils de Marie et de
Charles VII et frère de monseigneur le roi.

La scène qui se passait ce soir-là n'était point un fait isolé, mais
la continuation d'un plan politique élaboré à la fois par le duc de
Bretagne, désireux de voir retirer le duché de Berry à Monsieur, et
par le comte de Charolais, qui jugeait la Normandie assez proche
de la Bourgogne pour tenir à compter le futur duc au nombre de
ses amis et alliés. La plupart des grands seigneurs de Normandie,
faisant partie de la ligue du *Bien public*, appuyaient le comte de
Charolais, sans se dissimuler pourtant qu'ils avaient affaire à forte
partie, et que l'on pouvait tout craindre d'un roi qui portait son
conseil dans sa tête, et qui cachait le bourreau dans son ombre.
Messire d'Esternay, général de la Normandie pour le roi, s'effrayait
grandement des représailles de Louis XI, et le soupçonnait d'être
assez fort politique pour jouer tour à tour ce comte de Charolais
que l'on devait surnommer le *Téméraire*, et François II de Bretagne.

Celui-ci, très jaloux de ses prérogatives et de sa puissance, gardait chez lui le frère de Louis XI, dont le nom servait de prétexte
à tous les soulèvements. Avant que ce pauvre enfant royal, qui

avait vu son père mourir de faim comme un mendiant, comprît la valeur des chocs de la politique, on le plaça à la tête des mécontents. Il ne demandait rien cependant ; son duché de Berry lui suffisait ; il aimait les faucons et la chasse, et peu lui importait d'étendre son pouvoir et de régner sur un plus ou moins grand nombre d'hommes. Jamais François II, qui devait pousser l'ambition si loin, ne lui fit comprendre les joies du pouvoir ; mais Charles était faible, il avait grand'peur de son frère Louis, et toute confiance dans le duc de Bretagne. D'ailleurs, le consultait-on? Connaissait-il la portée des actes dont il assumait la responsabilité? Il ignorait complètement, à l'heure où des routiers et des agents de monseigneur de Charolais soulevaient la Normandie en son nom, qu'il dût jamais quitter son nom de duc de Berry.

Il jouait tranquillement, en compagnie d'un seigneur de son âge, avec un jeu de cartes dont le duc François lui avait fait présent, tandis que les gens de Rouen l'acclamaient à grands cris.

Cette nuit-là, le sang coula dans les rues ; messire Le Bouteiller et Fulgence quittèrent leur logis, sinon dans l'espoir d'apaiser la lutte, du moins avec la pensée de soulager les blessés! L'émeute prit les proportions d'une bataille ; on s'égorgea dans tous les quartiers ; les soldats du guet, vaincus et décimés, cédèrent la place aux gens soldés par le comte de Charolais, et quand le jour se leva un horrible spectacle frappa les regards.

Des ruisseaux rouges coulaient dans les rues, des corps roidis et sanglants, isolés ou réunis en groupes, barraient les ruelles et obstruaient les portes des maisons. Fulgence et le vieux chanoine, de pieuses femmes, un grand nombre de prêtres des diverses paroisses allaient de quartier en quartier, relevant les morts, pansant les blessés, essayant d'incliner au repentir des âmes perverses, d'obtenir de ces mécréants un mot de regret.

Ce fut une rude tâche, une triste journée. A l'effervescence de la nuit succéda le deuil du lendemain. On commença à se demander quelle était l'origine de ce mouvement dont rien n'avait fait prévoir la spontanéité ; une sorte de consternation remplit la ville qu'effraya la pensée d'une prochaine revanche. On ensevelit les cadavres ; les blessés trop pauvres furent répartis dans les divers hospices, et l'on s'efforça d'oublier ces heures de sang et de révolte.

Mais le roi Louis XI ne tarda point à en être informé. Sa colère fut terrible; il songea, un moment, à marcher vers la ville assez hardie pour le repousser et demander à sa place le prince Charles. Mais, après avoir laissé s'exhaler sa fureur, le roi se calma subitement. En satisfaisant au vœu de la Normandie, il comblait à la fois de joie le duc de Bretagne et le duc de Bourgogne; il gagnait du temps; et, d'ailleurs, n'était-il donc pas toujours sûr de défaire, s'il lui plaisait, le travail de sa nouvelle politique?

Donc, tandis que les habitants de Rouen s'effrayaient du mécontentement du roi, celui-ci, apprenant le soulèvement des Normands et le cri séditieux qui l'accompagnait, se contenta de répondre :

— Ah! les Normands veulent mon frère de Berry pour duc; ils l'auront!

En effet, loin de s'opposer au vœu des Normands, inspiré par la double politique des ducs de Bourgogne et de Bretagne, Louis XI se hâta de les satisfaire tous deux en retirant à son frère Charles le duché formant son apanage, et en le remplaçant par le beau duché de Normandie, qu'un meurtre venait de rendre à la France, en même temps qu'il enfermait à jamais les Anglais dans l'île de la Grande-Bretagne.

A partir de ce moment, Louis XI, tout en préparant le décret d'investiture de son jeune frère, commença à se venger du comte de Charolais en lui supprimant les 36.000 livres de pension qu'il avait coutume de lui faire, et en reportant toute sa tendresse sur le sire de Crouy, ennemi personnel de Charles de Bourgogne.

Le système de la division de ses ennemis avait toujours réussi à Louis XI. C'était trop d'avoir à la fois sur les bras la Bretagne et la Bourgogne, de soutenir une lutte contre la ligue du *Bien public* qui comptait à sa tête Charolais, François II, les ducs de Bourbon, du Maine et d'Armagnac. Le roi céda donc ou feignit de céder, et le prince Charles, son frère, reçut par le traité de Saint-Maur le duché de Normandie pour sa part d'héritage. Louis XI se réservait l'hommage du nouveau duc; mais, en même temps, il lui accordait le pas sur les ducs de Bretagne et d'Alençon, ce qui ne pouvait manquer

de les mettre, dans un temps plus ou moins long, en mauvaises
dispositions à l'égard du jeune duc.

Quant au prince François II, s'il ressentit une humiliation à rendre son hautain hommage à Charles de France, loin de manifester
son mécontentement, il témoigna une grande joie, et offrit au prince
de l'accompagner en Normandie, pour le mettre en possession de
son duché.

L'intention de François était, après avoir montré aux Normands
le nouveau maître que leur octroyait sa majesté Louis le Onzième,
d'emmener son neveu de Normandie en Bretagne, et de gouverner
sous son nom.

Il commença donc par entourer Charles de la fleur de la noblesse
bretonne, pour laquelle il demanda et obtint les premiers emplois;
cette préférence accordée sur eux à des étrangers froissa profondément les gentilshommes de Normandie. En les détachant de la
cause de leur prince, François II espérait enlever de la sorte à son
neveu la pensée d'habiter une province où il ne parviendrait point
à se rendre populaire. Cette première victoire gagnée, il suffirait
d'entourer cet adolescent de plaisirs au milieu desquels s'énerve-
rait sa jeunesse, pour le garder en Bretagne. Sinon de droit, du
moins de fait, François gouvernerait alors les deux plus belles pro-
vinces du nord de la France.

Après avoir pris les nombreuses précautions que son ambition
lui inspirait, le duc de Bretagne, se fiant à l'influence de ses amis,
laissa le prince continuer seul sa marche vers Rouen, et s'arrêta à
Caen, soit pour se trouver plus près de ses États, en cas de revire-
ment dans les décisions de Louis XI, soit pour ne paraître influencer
en rien les événements qui allaient se passer.

Charles pénétra sans bruit dans la ville de Rouen et, remettant à
quelques jours de là son entrée solennelle, il descendit à l'abbaye
du mont Sainte-Catherine. Le jeune prince se trouvait en ce moment exposé à un double danger : les seigneurs normands, déta-
chés à l'avance de sa cause par suite de la préférence publique
accordée aux Bretons, se sentaient peu d'enthousiasme pour l'enfant débile qu'on leur imposait en qualité de souverain; les Bretons,
ayant le comte de Dampmartin à leur tête, avaient reçu de Fran-

çois II des ordres secrets et se tenaient prêts à les exécuter.

Depuis la nuit de désordre où avait éclaté la révolte payée par le comte de Charolais, la ville de Rouen restait inquiète, agitée ; elle craignait qu'un enfant ne suffirait point à ramener l'ordre et la prospérité dans une province souvent ravagée par la guerre.

Du reste, les habitués de la *Pinte couronnée*, ayant Gosier-d'Or à leur tête, ne se gênaient point pour annoncer à la fois la guerre civile et la famine, déduisant de la situation cette conclusion logique : que la guerre entraverait les travaux et rendrait le pain si cher que, les pauvres mourant de faim et leurs corps restant privés de sépulture, la peste se joindrait aux deux premiers fléaux.

Depuis la dernière échauffourée, les amis de Jacquet avaient peut-être reçu autant d'argent des mandataires du duc de Bretagne que des envoyés du jeune prince de Bourgogne. Leur opinion était de se vendre au plus offrant, et peu leur importait ce qu'ils.devaient crier et pour le compte de qui ils allaient se battre, pourvu que l'on soldât grassement leur enthousiasme factice et leur sang répandu. Le soir même du jour où le prince Charles descendit à l'abbaye dont la flèche dominait la côte Sainte-Catherine, la taverne de la *Pinte couronnée* regorgeait de sinistres compagnons, mal armés, mais capables de se servir d'une main ferme d'un couteau de boucher, d'un marteau de forgeron, au besoin d'un bâton durci au feu. Leurs visages respiraient une résolution farouche ; la convoitise brillait dans leurs regards ; ils ne semblaient attendre qu'un signal que Gosier-d'Or n'avait point encore donné.

Celui-ci, accoudé sur une table, cachait à demi entre ses bras un vaste sac de cuir, sur lequel s'attachaient les regards des hommes groupés dans la taverne fumeuse.

— Allons ! dit un des truands, le moment est venu de prouver que Gosier-d'Or mérite ce nom glorieux et que ses paroles sonnent franches aux oreilles.

— Elles sonneront comme l'or et l'argent de ce sac, dit l'aventurier, si vous savez le gagner !

— Nous saurons toujours gagner de l'argent ! dit Hoqueteau.

— A savoir, mon fils ! Tu crains pour ta peau.

— Parle, parle, Gosier-d'Or ! crièrent cinquante voix.

— Voici, dit Gosier-d'Or en frappant sur le sac, les preuves de la magnificence du comte de Dampmartin... Seulement, je ne vous en remettrai qu'une faible partie avant l'affaire... Vous toucherez le reste après le succès.

En ce moment, le petit tavernier chargé de rincer les gobelets des habitués de la *Pinte couronnée* apporta devant Gosier-d'Or deux brocs de cervoise, comme il avait coutume de faire au moment où le chef des Routiers du diable prenait la parole.

— Petit-Jehan, remporte cette boisson dangereuse ; moi et mes hommes, nous boirons quand l'affaire sera faite, conclue ; jusque-là, nous garderons notre cerveau lucide. Ramasse tes gobelets et prépare-nous les meilleures bouteilles de vin ; c'est du vin de France que nous ingurgiterons à la réussite de l'expédition.

Petit-Jehan enleva les brocs ; mais, revenant tout doucement dans la salle, il se glissa dans la vaste cheminée, et se tapit sous son manteau, moins dans le but de se tenir aux ordres des habitués de la taverne qu'afin d'apprendre ce que pouvait être l'expédition mystérieuse dont Gosier-d'Or venait de parler.

Le chef de la bande reprit :

— On nous paie, nous obéissons ; voilà ! L'aventurier, le truand, l'homme d'armes de hasard que le roi oublie d'enrégimenter se donne au premier partisan venu, c'est dans l'ordre... Ceux à qui ne conviendra pas l'ouvrage le refuseront, et tout sera dit... Mais si l'un de vous avait la langue trop longue, il serait sûr de ne jamais attendre la potence que le diable lui réserve ! Il ne s'agit pas, ce soir, d'arrêter quelque riche voyageur, de détrousser un marchand ni de ruiner un Juif, ce dernier fait nous serait compté comme œuvre pie, mais bien de prendre un couvent à l'assaut.

— Un couvent ! s'écria Hoqueteau. Diable ! j'ai troué plus d'une poitrine dans ma vie, mais s'il s'agit de piller une église !

— Tais-toi ! fit Gosier-d'Or ; tu refuseras la besogne si tu le veux ; je n'ai point parlé de piller l'église ni d'insulter les moines...

Je respecte les scrupules de tout le monde... Et puis, il y en a parmi vous qui s'habituent aisément à l'idée d'avoir un jour au cou le collier de chanvre, mais à qui répugne singulièrement la perspective du bûcher... Les goûts sont libres... Il s'agit de nous emparer d'un couvent ; mais, pour cela, nous n'avons pas même à escalader les murs de Sainte-Catherine : le comte de Dampmartin nous en ouvrira les portes. Notre mission consiste simplement à aider ce gentil seigneur dans son projet d'enlever du monastère notre petit duc, que Dieu garde ! et à le conduire vers François de Bretagne, son fidèle et aimé parent, qui l'attend dans la ville de Caen pour le ramener à Rouen. Nous renforçons l'escorte, nous prenons la responsabilité de la violence, et voilà tout... Maintenant, qui demande à faire partie de l'expédition ?

— Moi ! nous ! tous ! tous ! crièrent les aventuriers.

Gosier-d'Or délia le sac de cuir et commença la distribution des largesses du comte de Dampmartin.

Hoqueteau reçut sa part comme les autres ; ce qu'on lui proposait ne semblait ni bien dangereux, ni bien difficile.

Gosier-d'Or ajouta :

— Quittons-nous maintenant, à onze heures du soir ; chacun de nous aura pour mot d'ordre : « Bretagne et Hermine. » Nous nous trouverons sur le mont Saint-Catherine, après nous y être rendus séparément, pour n'exciter aucun soupçon ; à un signal imitant le cri de la chouette, la porte du monastère s'ouvrira, nous envahirons les cloîtres et les salles, et, enlevant le jeune prince, nous accompagnerons le comte de Dampmartin et les gentilshommes bretons.

Ces détails une fois convenus, Gosier-d'Or déclara la séance levée, et, permettant à ses hommes de s'enivrer à leur aise, il fit apporter des brocs remplis d'un vin de Roussillon qui ne tarda pas à mettre sous la table une partie de la bande des routiers.

Quand le maître tavernier n'entendit plus de tapage dans la salle réservée au capitaine Gosier-d'Or, il jugea qu'il pouvait entrer, et, voyant ses compagnons endormis du lourd sommeil de l'ivresse :

— Petit-Jehan ! dit-il, Petit-Jehan, laisse là ces pourceaux !

Mais Petit-Jehan avait depuis une heure quitté la cheminée pour gagner la fenêtre, dont il avait escaladé l'appui, et, une minute après, il courait rapidement dans les faubourgs de la ville.

Lun après l'autre, les affiliés passèrent. (*Voir page* 101.)

IX

AU COUVENT DE SAINTE-CATHERINE

Dizier, revenu depuis assez longtemps de la maison du chanoine, attendait sa mère avec impatience. Il voulait lui parler de mille choses intéressantes, de ses progrès d'abord, puis des merveilles que l'on ne manquerait pas de déployer pour l'entrée solennelle de monseigneur le duc de Normandie.

Damoiselle Ogive avait donné des ordres pour que toutes les splendeurs renfermées dans l'église de Notre-Dame s'étalassent sur les autels, à l'heure où l'on chanterait le *Te Deum* dans l'antique basilique de Saint-Romain. Grâce à l'affection que lui témoignait messire Le Bouteiller et le jeune chanoine Fulgence, Dizier ne désespérait point d'avoir sa place dans le cortège, et d'assister aux magnifiques cérémonies du lendemain sous l'habit d'un enfant de chœur. Son joli visage rayonnait à cette pensée ! Depuis qu'il vivait au milieu des clercs, Dizier cachait dans son cœur une ambition sainte : il rêvait d'unir une haute science de clergie à un grand talent artistique, et d'être un jour l'architecte et le décorateur d'une chapelle unique au monde pour son élégance et ses richesses, et de s'agenouiller comme prêtre devant l'autel élevé par ses mains. Le jour où, pour la première fois, il osa confier à sa mère la hardiesse de ses secrets espoirs, la pauvre mère le serra sur son cœur avec une tendresse désespérée, et posant sur la bouche de son fils adoré sa main tremblante :

— Jamais, lui dit-elle, jamais, entends-tu, Dizier, ne se réalisera pareil rêve... Demande à Dieu qu'il te permette de cacher ta vie... Je redoute d'avoir travaillé à ton malheur en te permettant de sortir de l'obscure condition à laquelle tu semblais destiné...

— Mère, répondit Dizier, le Seigneur accepte pour ses ministres les pauvres et les opulents ; il ne regarde que les cœurs de ceux qui l'aiment...

— Oui, répondit Huguette ; mais les hommes...

Elle n'acheva pas sa pensée et ajouta :

— Je voulais te voir heureux, le courage m'a manqué pour te refuser... Dizier, tu ne m'accuseras jamais, mon enfant, même s'il arrivait...

— Et que peut-il arriver ?

— Nous sommes dans les mains de la Providence ; prie pour moi, pour ton père...

Dizier conserva un souvenir profond de cet entretien.

Mais le soir où nous le trouvons debout sur le seuil, guettant le retour de Huguette, il a chassé la vague impression communiquée par l'angoisse de sa mère, et, avec l'impatience naturelle à son âge, il aspire au moment où il lui sera possible d'expliquer à sa mère qu'il revêtira une aube brodée, présent de damoiselle Ogive, et ressemblera de la sorte à un ange peint par Loyset dans le manuscrit qu'il achève.

Au lieu de Huguette, ce fut Donat qui rentra.

A la vue de son fils, il parut vivement contrarié, et cependant il l'embrassa avec une sorte de tendresse emportée.

— Rien n'est prêt! dit-il. Que fait ta mère?

— Oh! père, répondit l'enfant, ne grondez pas... Si vous saviez!... La vieille Isabeau était ce matin à l'agonie, et sans doute ma mère ne l'a point quittée... Reviendra-t-elle ce soir, seulement? Je l'ai accompagnée dans le faubourg avant d'aller chez messire Le Bouteiller, ce matin; car ma mère dit qu'on doit s'accoutumer au spectacle de la souffrance, et j'ai bien pleuré! Isabeau nous aimait beaucoup; elle nous a donné tout ce qu'elle avait: sa grande amitié et la protection de damoiselle Ogive... Que de fois elle m'a conté de belles histoires, de saintes légendes! Elle ressemblait peut-être à mon aïeule que je n'ai pas connue...

— Oui, dit le braconnier, tu la chérissais profondément... Plus que moi, peut-être!

— Plus que vous! pouvez-vous penser pareille chose, cher père? La reconnaissance seule me porte à aimer Isabeau; mais Dieu lui-même m'a fait le commandement de vous aimer.

— Et tu obéis à ce commandement?

— Oui, père... par respect pour l'ordre de Dieu... Mais je n'y serais point obligé de la sorte, je vous chérirais encore... Ma mère me répète tous les jours, quand je m'attriste de vos absences, qu'un jour viendra où nous ne nous quitterons plus... Alors je serai tout à fait heureux...

— Je te manque donc? demanda Donat avec une passion farouche...

— Je ne devrais peut-être pas vous le dire... Si j'allais vous faire de la peine ?

— Non, parle, au contraire...

— Je suis devenu trop ambitieux, paraît-il. Que voulez-vous, père, ce n'est pas ma faute ! Après avoir vu tant de merveilles, j'ai rêvé d'en créer à mon tour... Seulement, nous sommes pauvres, très pauvres, puisque nous vivons du gain de fileuse de ma mère ; et, pour devenir ce que je voudrais être, il faudrait sans doute beaucoup d'or.

— Que souhaites-tu faire ?

— Des vitraux, de beaux vitraux semblables à ceux de Notre-Dame... sertir des roses dans lesquelles le soleil, en passant, fait des fleurs de pierres précieuses ; peindre des images de saints nimbés et des figures d'anges ; créer à mon tour des chapelles dont je serais à la fois l'architecte et le décorateur... Quand je raconte ces choses à ma mère, elle me répond : « Chasse ces folies, mon bien-aimé ! Ta voie sera peut-être dure en ce monde ! »

Le visage de Donat s'éclaira subitement.

— Garde cette espérance, au contraire ! Tu seras riche, Dizier, c'est moi qui te le jure !... Tu bâtiras des chapelles, tu peindras des vitraux, et dans ces chapelles tu prieras pour moi, pour moi qui t'aime.... qui t'ai sans doute mal aimé, et qui cependant... Si tu le veux, Dizier, je cesserai mon trafic de taillandier ; il m'a déjà rapporté de gros profits et j'ai réalisé des économies...

— Oui, père, renoncez à cette existence errante à travers le pays, et puis je vous demanderai encore autre chose...

— Quoi donc ?

— D'abandonner cette maison de méchante renommée.

— Nous la quitterons...

— Bientôt ?

— Dans deux jours, si tu veux !

— Si je veux ! Oh ! je vous remercie, je vous bénis ! Et vous me permettez de raconter cette conversation à ma mère ?

— Je lui apprendrai tout cela moi-même.

Dizier se jeta dans les bras de Donat.

— Vous êtes bon, dit-il, vous êtes bon ! Je le savais bien.

En ce moment, Huguette parut sur le seuil.

Ses yeux étaient rouges de larmes, sa taille ployée ; ses deux mains se tordaient légèrement.

— Isabeau est morte ! dit-elle, j'ai dû l'ensevelir... pardonnez ce retard, Donat.

— Bien, bien ! répondit le braconnier avec une sorte de commisération. Ne vous troublez pas, Huguette ; je n'ai guère faim.

La pauvre femme dressa le couvert, après avoir embrassé son fils.

Dizier seul mangea un peu. Quand elle eut enlevé le pain et le modeste plat de viande, Huguette dit à son mari :

— Je passerai la nuit près de la chère morte...

— Faut-il t'accompagner ? demanda l'enfant.

— Non, non ! je ne veux pas t'attrister par un semblable spectacle.

Donat parut mécontent.

— Je serai dehors une partie de la nuit, dit-il, et si Dizier avait peur tout seul dans la maison de l'Égyptienne...

— Oh ! fit Dizier, tout s'arrange pour le mieux alors... Les enlumineurs et les scribes de messire Le Bouteiller veillent toute la nuit ; il s'agit de peindre des écussons, des armoiries et des emblèmes pour l'entrée solennelle de monseigneur Charles de Normandie ; j'irai leur aider, si vous le permettez.

— Va ! répondit Donat avec empressement.

— Je te conduirai, ajouta Huguette ; en même temps, j'essaierai de voir l'abbé Fulgence ; je lui demanderai une messe et des prières pour la pauvre morte...

Un moment après, Dizier et sa mère descendaient ensemble la montagne Sainte-Catherine.

— Mère, dit l'enfant en levant sur Huguette un regard attendri, tu m'as souvent répété que la grande bonté du Seigneur le porte à guérir l'une après l'autre toutes nos blessures, et à nous faire un don de consolation après nos peines les plus amères...

— Oui, chéri.

— Tu perds Isabeau, et ton cœur reste grandement affligé ; mais dans quelques jours une double joie adoucira cette peine...

— De quelles joies parles-tu, mon enfant ? Quelles nouvelles surprises me veux-tu garder ?

— Oh ! ce n'est point moi qui te les apporterai, répliqua Dizier d'une voix douce... Mon père compte renoncer à sa vie de marchand forain, et vivre désormais près de nous de son métier... Du reste, il nous ménage tous les bonheurs à la fois : nous quitterons la Maison du Sabbat, et nous nous rapprocherons du logis de messire Le Bouteiller... Enfin, tu te réjouiras d'apprendre que mon père, loin de s'opposer à ma vocation d'architecte, de maître maçon et de peintre verrier, m'encourage au contraire de tout son pouvoir, et m'a formellement promis, quand j'aurai pour cela assez de science, de me mettre à même d'apprendre tel art ou tel métier dont je me sentirai la vocation, et de me fournir assez d'écus pour monter des ateliers et ouvrir école à mon tour.

— C'est un rêve, un rêve! répondit Huguette. Moi vivante, entends-tu bien, tu ne toucheras jamais à un denier de l'or de ton père...

— Pourquoi ? demanda l'enfant.

Huguette s'arrêta, comme épouvantée de ses propres paroles.

— Pour cette raison, dit-elle péniblement, que ton père a grandement besogné afin d'amasser la somme qu'il garde en réserve, et qu'il appartient à un fils courageux de ne point vouloir dépenser d'une façon trop hasardeuse le pain destiné à la vieillesse de ses parents... Tu travailleras, mon Dizier, de l'outil ou du pinceau, comme fait ta mère du fuseau ou de l'aiguille... Mais jure-moi, sur ton respect et sur ton amour, que tu refuseras les présents et les folies que l'amour paternel pousserait ton père à t'offrir !

— Je le jure ! dit l'enfant, dont la petite main s'étendit dans la direction de l'abbaye de Sainte-Catherine.

Deux minutes après, Dizier rentrait dans l'atelier des enlumineurs et se mettait bravement à la besogne.

Huguette rentra dans la chambre où la vieille femme était morte... un bout de cire jaune achevait de se consumer dans un flambeau ; une voisine compatissante, qui n'avait pas voulu laisser seul le corps de la trépassée, se leva en voyant Huguette, et, se signant, elle disparut sans bruit.

— Isabeau! murmura Huguette, les mains jointes et le front

courbé sur la couche funèbre jusqu'à toucher les pieds roides de la morte, demandez au Seigneur qu'il me prenne en miséricorde... Vous êtes tout nouvellement en possession de sa gloire... Il a pour vous, à cette heure, des tendresses infinies... Vous n'êtes plus la vieille pauvresse couverte de haillons, mais une sainte dans l'état d'une divine jeunesse... Priez pour moi, vous que le monde froissa et repoussa souvent... Si je dois souffrir encore, ne demandez point pour moi la fin de l'épreuve, mais le courage nécessaire pour l'endurer.

Tandis que Huguette pleurait, dans la nuit, près de la froide dépouille de sa vieille amie, Donat, resté seul, songeait aux paroles qu'il venait de dire à son fils.

— Le moment est venu, dit-il, je ne tarderai pas d'un instant... Il y a dix ans, jour pour jour, heure pour heure, quand l'horloge de Notre-Dame sonna minuit, que Jacquet me dit : « Si tu n'as point entendu parler de moi durant un long temps, je te fais don du dépôt caché dans le caveau de la *Maison du Sabbat*... » Comme le sac de cuir était lourd !... Il y avait de l'or là-dedans, bien sûr ! Et ce coffre, que peut contenir le grand coffre de bois garni de plaques de fer ?... J'ai fait moi-même, depuis dix ans, bien des visites au retrait mystérieux, et chaque fois j'y ai déposé des objets de valeur... Je ne mens pas en me disant riche ! Je ne trompe point Dizier, en lui promettant de faire bâtir pour lui un atelier magnifique, et de lui créer l'état de maître verrier... Si je comptais tout de suite à peu près la valeur des objets renfermés dans le caveau !... Je fondrai en lingots l'or et l'argent, les pierreries prendront peu de place dans un petit sac de cuir. Ouvrons le caveau.

... Non ! je ne tarderai point à me rendre au signal de Gosier-d'Or, et j'aurai assez du reste de la nuit pour supputer le chiffre de ma fortune... Que je prête mon aide à l'enlèvement du prince, c'est un moyen adroit pour entrer dans l'abbaye de Sainte-Catherine... qui doit être riche... Mais accompagner le comte de Dampmartin en Bretagne, pas si fou ! Qui peut répondre que nous ne trouverons pas une troupe du roi de France sur la route ?... Le meilleur moyen pour éviter d'être suspecté de conspiration est, une fois le coup fait, de rentrer paisiblement chez moi... Dans deux jours, comme je l'ai promis à Dizier, nous quitterons ce logis diabolique...»

En ce moment, neuf heures sonnèrent à Notre-Dame.

Donat serra son ceinturon, assujettit son arme, enfonça son chaperon sur ses yeux et quitta la maison, sans fermer la porte à clef ; puis, lentement, observant ce qui se mouvait autour de lui dans les demi-ténèbres, il gagna l'un des côtés de l'abbaye.

L'ombre cachait à peu près les routiers dressés contre la muraille ou aplatis sur le sol. On distinguait un faible bruit de souffles, des frôlements d'étoffes, des allongements de corps dans l'herbe, des pierres roulant sous des pieds inattendus, des murmures sourds, des grouillements plutôt que des bruits ; les truands de Gosier-d'Or se massaient en nombre.

Tout à coup, le cri de la chouette se fit entendre par trois fois ; en même temps, une petite porte masquée par les lierres s'ouvrit et, l'un après l'autre, les affiliés de la bande passèrent, après avoir murmuré à un homme posté derrière la porte, le mot de passe :

— Bretagne et Hermine !

Quand le dernier des routiers eut franchi la porte, messire de Dampmartin s'avança et guida les conspirateurs :

— Vous vous souvenez de mes ordres ? demanda-t-il à Gosier-d'Or.

— Énergie et respect ! répondit le bandit.

L'abbaye paraissait plongée dans un profond sommeil ; pas une lumière derrière les hautes fenêtres, et la lampe du sanctuaire, brillant faiblement à travers les vitraux de la chapelle, paraissait une étoile à demi enveloppée sous des voiles de brouillard.

Un grand couloir permit aux routiers d'entrer sans bruit dans le monastère. En ce moment, Gosier-d'Or et sa bande se trouvaient assez nombreux pour ne rien craindre de la faible escorte du prince Charles, et le comte de Dampmartin donna ordre d'allumer des lanternes. Les conspirateurs marchaient librement dans les couloirs, et, chose étrange, le bruit des pas de ces hommes résolus à tout, même au crime, ne semblait éveiller aucun écho dans les corridors sur lesquels s'ouvraient les portes multiples des cellules.

Enfin le comte de Dampmartin dit, en montrant l'huis d'une grande salle :

— Voici les appartements du duc de Normandie. Entrez et faites vite !

Gosier-d'Or s'élança le premier, tenant d'une main sa lanterne, et de l'autre la lame tordue d'une miséricorde.

— Personne ! fit-il en se retournant, il n'y a personne !

— En avant ! en avant ! cria le comte de Dampmartin.

Il commençait à s'étonner de la solitude de la salle des gardes, où d'ordinaire veillaient des pages et des archers. L'idée qu'il pourrait échouer dans son projet criminel le frappa subitement, et, comprenant qu'il était trop avancé pour reculer désormais, il s'élança à travers deux salons, et gagna, suivi de Gosier-d'Or et de la tourbe des routiers, la chambre où couchait le prince de France.

Cette chambre, violemment ouverte, subitement éclairée, se trouvait vide ; le lit n'avait pas même été défait.

— Trahis ! nous sommes trahis ! vociféra Dampmartin.

— On nous a volés ! ajoutèrent les routiers.

— Par le diable ! dit le comte, nous n'avez pas complètement perdu votre temps... Gosier-d'Or vous a remis un bel appoint de la part de mon maître... Mais si cela ne vous suffit pas...

— Bon ! fit un des bandits, voici une coupe d'or !

— Je ne méprise pas les belles armes ! ajouta un autre en s'emparant d'une épée à poignée enrichie de pierreries...

— Misérables, laissez cela ! cria Dampmartin en se jetant sur ceux des truands qui commençaient à faire main basse sur les objets de valeur restés dans la chambre du duc Charles... Vous êtes des conspirateurs, ici, rien autre chose !

— Ah ! permettez ! dit Gosier-d'Or ; conspirateurs de circonstance et routiers quand l'occasion le permet.

— A la chapelle ! à la chapelle ! dirent vingt voix.

— Vous oseriez ? demanda le comte.

— Monseigneur, répondit insolemment Gosier-d'Or, nous n'arrivons point ici par escalade, et de tout ce que nous ferons cette nuit vous resterez complice.

— Gosier-d'Or saisit le comte par le bras et s'efforça de l'entraîner ; mais le gentilhomme prit son poignard et taillada en croix la main du routier ; puis, profitant du moment où celui-ci, ivre de

souffrance et de rage, entourait sa main sanglante d'un lambeau de
sa haque, le comte s'élança à travers les salles, et, comme il avait
sur les truands l'avantage de connaître parfaitement les détours de
l'abbaye, il disparut aux yeux de Gosier-d'Or et de ses amis.

— Nous le retrouverons ! dit le routier.

— A la chapelle ! à la chapelle ! répétèrent les bandits.

La troupe des misérables se répandit de nouveau dans les couloirs, et, roulant dans les larges escaliers, elle regagna le jardin.

Mais, à leur stupéfaction, l'église, plongée un instant auparavant
dans les ténèbres, se trouvait alors brillamment éclairée, et soudainement éclata le chant des psaumes.

— Reculez-vous, compagnons ? demanda Gosier-d'Or.

— Jamais ! répondirent vingt voix vibrantes de convoitise.

Et, se ruant contre la porte de la chapelle, qui était fermée, les
misérables tentèrent de l'ouvrir.

Mais, avant qu'ils essayassent d'en forcer les serrures à l'aide de
leurs poignards, les chants des moines se rapprochèrent, et les
vantaux de chêne et de fer ouvragé s'ouvrirent avec une majes-
tueuse lenteur, laissant voir l'abbé de Sainte-Catherine, le front
couronné de la mitre, et tenant en main la crosse d'ivoire et d'or.

— Hors d'ici ! fit-il, ou j'adjure le ciel d'envoyer pour vous chasser les anges qui frappèrent de verges Héliodore le sacrilège ! Allez,
maudits ! Dieu sait vos noms, je n'ai pas besoin de les connaître...

Mais les misérables n'étaient plus en état d'entendre cette parole
de miséricorde ; ivres de colère, avides de piller les trésors d'une
chapelle enrichie par les rois, ils se précipitèrent du côté de l'autel,
repoussant avec violence les moines qui tentaient en vain de protéger les trésors de Dieu...

L'abbé étendit la main.

— Anathème ! dit-il, vous êtes anathèmes !

Si terrible que fût cette parole à une époque où le pouvoir de
l'Église primait tous les pouvoirs, les truands eussent continué leur
œuvre, sans un bruit de trompettes et de longues acclamations :

— Noël à monseigneur Charles, duc de Normandie !

Ces cris, ces éclats de cuivre montaient jusqu'au monastère,
apportés par le souffle puissant de la nuit.

Une panique s'empara des bandits ; deux ou trois seulement enlevèrent quelques chandeliers d'argent, et l'un d'eux coupa les chaînes d'or soutenant la lampe du sanctuaire ; mais Gosier-d'Or, redoutant un événement inattendu, et jugeant la partie perdue, rallia ses hommes d'un coup de sifflet, et les truands suivirent la muraille du jardin, afin de retrouver la petite porte masquée que leur avait ouverte le sire de Dampmartin. Un double danger se présentait pour eux, dans ce moment. Les moines ne semblaient point avoir la pensée de les poursuivre ; mais la solitude dans laquelle se trouvait à cette heure le monastère cachait, sans nul doute, un mystère, sinon un piège. Le sire de Dampmartin restait aussi surpris que les truands aux ordres de Gosier-d'Or. S'il y avait eu conspiration pour enlever monseigneur Charles de Normandie, il y avait vraisemblablement contre-conspiration pour le délivrer.

Les acclamations, les éclats des trompettes, le bruit d'une foule animée pouvaient faire craindre aux truands que le couvent, désert tout à l'heure, ne se peuplât d'une façon redoutable.

— Camarades, dit Gosier-d'Or, si nous franchissons à cette heure le seuil de la porte, nous sommes perdus : on ne nous prendra pas pour des hommes politiques, mais pour des francs-mitous.

— C'est possible, répondit le second de Gosier-d'Or ; mais si nous laissons des sonneurs de trompettes et des archers reprendre possession de l'abbaye, nous aurons à régler un terrible compte !

— La côte Sainte-Catherine est toute brillante de la clarté des torches, dit Triple-Buse ; on ne trouvera pas naturel que nous ayons assisté aux offices de l'abbaye.

— Dans les moments difficiles, répondit Gosier-d'Or, l'impudence est souvent une grande force.

— Gosier-d'Or a raison ! ajouta le second.

— Que d'archers, juste ciel, que d'archers ! murmura Triple-Buse en entre-bâillant la petite porte.

— Tout cela à notre intention ! ajouta Hoqueteau.

Mais, soudain, un cri jaillit de la foule gravissant la côte Sainte-Catherine et des rangs des archers :

— Mort au traître ! A mort le comte de Dampmartin ! Au félon !

— Nous sommes sauvés ! dit Gosier-d'Or. Sortons un à un ; la foule se rapproche de la muraille ; peut-être nous sera-t-il facile de nous mêler aux curieux et de nous faire passer pour des amis du prince, puisque le complot du comte est découvert.

— Mort au félon ! los à monseigneur de Normandie ! cria Gosier-d'Or qui se trouva, en un instant, d'abord collé contre la muraille, puis mêlé à un groupe de bourgeois.

Deux ou trois malandrins l'imitèrent adroitement ; mais, enhardis par le succès, pressés de quitter l'enceinte de l'abbaye, où les archers, cherchant le comte de Dampmartin, ne pouvaient manquer de les saisir, une dizaine de routiers se pressèrent dans l'étroite ouverture qui, subitement, apparut, béante. Il y eut un mouvement d'effroi des deux côtés. Le premier instinct du peuple fut de refouler dans le jardin les truands à figure féroce ; un cri d'appel avertit les archers. Ceux-ci firent volte-face et les bandits allaient être pris dans l'enceinte même du monastère, lorsque, comprenant le terrible danger qu'ils couraient, les misérables tirèrent chacun une arme de leur poitrine et se frayèrent un chemin sanglant à travers la populace. On entendit des râles, des malédictions, une panique entraîna les bourgeois ; les curieux s'enfuirent dans toutes les directions, et les archers s'élancèrent à la poursuite des complices de Gosier-d'Or.

L'abbaye fut inutilement fouillée ; on n'y trouva pas le comte de Dampmartin, et les francs-mitous qui restèrent entre les mains des archers, et au nombre desquels se trouvaient Triple-Buse et Hoqueteau, étaient certainement les plus stupides, mais aussi les moins coupables de la bande.

Le récit des moines, l'arrestation des conspirateurs, l'avènement de monseigneur le duc de Normandie étaient des événements sinon très imprévus, du moins accomplis d'une façon assez soudaine et assez bizarre pour tenir éveillés toute la nuit les bourgeois et nobles seigneurs de la capitale normande, auxquels le crieur répéta vainement, d'heure en heure, jusqu'au jour :

— Bonnes gens de Rouen, dormez ! Priez pour les trépassés !

Au coffre ! dit-il enfin, au coffre ! (*Voir page* 118.)

X

LE SECRET DU CAVEAU

Voici ce qui s'était passé au monastère. Vers la septième heure, au moment où le prince Charles se disposait à souper, avec quelques-uns des gentilshommes qu'il regardait comme ses amis les plus intimes, — car le pauvre prince était assez jeune pour s'imaginer trouver un ami dans chacun des courtisans auxquels il prodiguait les marques de sa munificence, — un bruit inusité s'éleva tout à coup à la porte de la grande pièce servant de salle des gardes ; les archers de service s'efforçaient de repousser — un enfant, que ni les avertissements ni les menaces ne pouvaient éloigner. Exaspéré par l'obstination de cet enfant, qui ne cessait de répéter : « Je veux parler au prince ! Je veux me jeter aux genoux du duc de Normandie ! » un soudard leva une arme très lourde, dont un mouvement maladroit fit tomber l'extrémité sur le front du petit entêté.

— Je meurs ! on me tue ! Monseigneur, à l'aide ! cria une voix douloureuse.

L'archer essaya d'entraîner l'enfant ; mais celui-ci se cramponna à l'une des jambes de l'homme d'armes, et continua si bien à appeler et à se lamenter que le jeune prince ouït cet accent suppliant.

— Mon féal et ami de Lorraine, demanda-t-il, que se passe-t-il donc ? Si quelqu'un de notre bonne ville requiert justice ou largesse, je m'en remets à vous...

Messire Jehan de Lorraine entra dans la salle.

En le voyant, l'enfant bondit, le front tout sanglant, les mains jointes :

— Si vous êtes le prince, je vous supplie de m'entendre...

— Je ne suis pas le duc Charles, répondit messire de Lorraine, mais son meilleur ami.

L'enfant secoua la tête et regarda Jehan de Lorraine en face, tandis qu'il étanchait le sang de sa blessure.

— Le frère de notre sire le roi de France n'a pas d'ami !

— Çà ! que veux-tu dire ? fit le gentilhomme, plus troublé qu'il ne voulait le paraître de la profondeur de ce mot d'enfant.

— Me voulez-vous écouter, Monseigneur ?

— Parle !

— On pourrait nous entendre ici.

— Ce que tu as à me dire est donc bien grave ?

— Je me serais laissé tuer si mon cri d'agonie avait seul pu vous appeler !

Messire de Lorraine saisit la main de l'enfant et l'entraîna.

—. Viens ! dit-il.

. Une minute après, tous deux se trouvaient assis dans l'embrasure d'une haute fenêtre, l'un appuyé sur les bras d'une chaire sculptée, l'autre placé à ses pieds sur un escabeau.

Alors Petit-Jehan, car le courageux enfant qui s'était laissé battre était bien le rinceur de gobelets de la taverne de la *Pinte couronnée,* raconta dans tous ses détails la conspiration fomentée et payée par le comte de Dampmartin, dans le but d'enlever, durant cette nuit même, le prince Charles et de l'entraîner en Bretagne, où son oncle pourrait le gouverner à sa guise et l'endormir mollement, tandis qu'en son lieu il s'occuperait du bonheur et de la gloire des Normands.

— Le tavernier n'est pas ton père? demanda le sire de Lorraine.

— Non, répondit Petit-Jehan, je suis orphelin.

— Hier, tu étais orphelin : d'aujourd'hui je te tiendrai lieu de famille, moi, Jehan de Lorraine, et ton protecteur sera Charles de France.

— Alors je reste ici ! dit Petit-Jehan ; il me suffit d'avoir été battu ; le maître de la *Pinte couronnée* me tuerait.

—- Reste, dit Jehan de Lorraine. As-tu soupé ?

— J'ai mangé hier, répondit l'enfant.

— Attends paisiblement dans cette salle, jusqu'à ce que je vienne te rejoindre ; si l'on t'apporte les reliefs de la table du prince, dévore comme un homme qui vient de sauver la liberté et la vie d'un fils de France !

— Oui, Messire, répondit l'enfant avec un sourire.

Jehan de Lorraine rejoignit le duc de Normandie, soupa rapidement et demanda à son jeune maître le loisir de s'éloigner.

— Tu t'ennuies dans ce grand monastère, mon féal ?

— Je suis bien partout où se trouve mon prince.

— Et cependant tu me quittes !

— Pour vous servir, Monseigneur.

Il ajouta, plus bas :

— Prince, je vous en supplie, ne sortez de la salle voisine sous aucun prétexte, et, s'il se peut, engagez une partie de cartes avec le comte de Dampmartin.

— Il joue bien mal... dit le prince avec une moue de dédain.

— J'espère lui faire perdre toutes ses parties, ajouta messire de Lorraine.

— Quand reviendras-tu, mon féal ?

— Quand je vous serai utile au monastère, mon prince.

Jehan de Lorraine salua, s'éloigna, et le duc de Normandie, qui connaissait le dévouement de messire de Lorraine, et savait que jamais il ne lui donnerait un avis inutile, fit appeler le comte de Dampmartin, demanda des cartes, que son père avait jadis fait peindre pour lui, par Jacques Gringonneur, et commença une partie, qu'il joua du reste assez distraitement pour la laisser gagner au comte de Dampmartin.

Pendant ce temps, Jehan de Lorraine descendait vers la ville ; avec la rapidité de vues que donne le dévouement dans les crises suprêmes, il courut tour à tour chez l'archevêque et chez messieurs du parlement. Il trouva, en moins de deux heures, le temps de soulever la ville de Rouen tout entière en faveur du nouveau maître qui lui était envoyé. Il le peignit doux et bon, menacé dans sa liberté, dans sa vie, par un oncle ambitieux, à demi proscrit par son frère ; il supplia les hommes de la capitale normande, à quelque caste qu'ils appartinssent, de protéger Charles de France, de déjouer la conspiration de François II, d'estimer leur duc, de le reconnaître sans perdre un jour, une heure, et de le délivrer en le proclamant.

Certes, le jeune prince, au moment où Jehan de Lorraine entreprit de le sauver, était plus qu'indifférent aux Normands ; nul ne pouvait encore aimer cet enfant à qui, hélas ! on ne devait pas laisser le temps de devenir un homme... Mais messire de Lorraine possédait cette inimitable éloquence qui, procédant non par moyens oratoires, mais par irrésistibles mouvements du cœur, enlève d'enthousiasme des succès qu'interdirait peut-être la logique. Il intéressa, il remua les Rouennais. Il conquit les femmes à la cause de ce prince enfant, dont la mère, Marie d'Anjou, avait tant pleuré sur son berceau, dont le frère ne songeait à lui que comme à une cause d'embarras politique. Les grands seigneurs jurèrent par leur épée de le reconnaître et de le défendre ; le parlement lui promit l'appui de la majesté de sa justice, et l'archevêque répondit à Jehan de Lorraine :

— Dieu vous comptera un jour ce que vous faites là, Messire ! Je me rends à l'instant à la cathédrale, et vous m'y trouverez entouré de mon chapitre.

Jehan de Lorraine ne voulut point prendre avec lui une suite nombreuse, dans la crainte de donner l'éveil aux conspirateurs.

Il regagna la grande salle de l'abbaye, dans laquelle le roi continuait à jouer avec le comte de Dampmartin.

— J'ai bien peu de chance, ce soir, mon féal ! dit le prince en s'adressant à Jehan de Lorraine.

— Le hasard favorise le comte ?

— D'une façon odieuse !

— Je me retire ! fit Dampmartin. Je craindrais que ma vue n'entretînt contre moi la rancune de Votre Altesse royale.

— Nous allons jouer tous deux, mon bon Lorraine ? demanda le prince.

— Oui, Monseigneur ; mais, comme l'a dit le comte, nous ne commencerons notre partie qu'après son départ.

— Où va-t-il ? demanda Charles avec assez d'insouciance.

— Mon prince, mon maître, dit Jehan de Lorraine en mettant un genou en terre devant le frère de Louis XI, il va vendre le sang de France au duc François de Bretagne !

— Que veux-tu dire ? demanda le prince effrayé.

— A cheval, Monseigneur, dit Jehan de Lorraine, sur l'heure et sans perdre une minute !

— Et où irons-nous, si l'on nous environne de pièges ?

— A la cathédrale, où l'archevêque et votre noblesse vous attendent.

— Y penses-tu ! ce soir !

— Demain vous seriez sur la route de Rennes.

— Dans ce costume ?

— On brodera cette nuit votre manteau ducal.

— Sans cortège, sans chevaux...

— Sans chevaux, j'en conviens; vous n'aurez, mon prince, qu'une assez médiocre monture, que l'on selle en ce moment... Mais le peuple qui vous attend pour vous proclamer, l'archevêque qui s'apprête à vous bénir ne verront point la simple robe de velours noir que vous portez, ni votre mince équipage... Ceux qui se presseront autour de vous seront loyaux, il suffit.

Une minute après, en effet, le fils de Charles VII et de Marie d'Anjou quittait sans bruit l'abbaye de Sainte-Catherine, accompagné seulement par le brave Jehan de Lorraine, et suivi de loin par Petit-Jehan, l'ancien rinceur de gobelets, qui, après avoir sauvé le prince, espérait bien se faufiler dans la foule afin de l'entendre proclamer duc et de le voir bénir.

Suivant la promesse faite par les gentilshommes normands, gagnés à la cause du frère de Louis XI par l'éloquence de messire de Lorraine, tous l'attendaient dans la cathédrale ; le parlement s'y trouvait, avec un clergé nombreux, et une foule sympathique et curieuse à la fois.

L'archevêque alla recevoir le prince sur le seuil de la cathédrale, et, aussitôt que le nouveau duc eut pris place sur le prie-Dieu disposé pour lui, on entonna le *Te Deum*. Pendant ce temps, Petit-Jehan se glissait entre les robes rouges de messieurs du parlement, les riches costumes des grands seigneurs, et parvenait assez près de l'autel pour être remarqué par un autre enfant portant, suivant son vœu, l'aube blanche des enfants de chœur. Dizier protégeait Petit-Jehan.

Et, tandis que la ville de Rouen épousait, par le serment et par l'anneau, le duc que lui donnait Sa Majesté très-chrétienne, le comte de Dampmartin et ses hommes pénétraient dans les couloirs et dans les appartements du prince, sans qu'il fût possible au chef de la conspiration de comprendre l'absence de Charles de Normandie.

Dès que fut terminée à la cathédrale la cérémonie religieuse, le duc fut, en grand et joyeux cortège, conduit non plus à l'abbaye, mais au château de Rouen.

A partir de cette heure, il était réellement duc de Normandie.

Pendant qu'il se faisait raconter par son fidèle Lorraine de quelle façon quasi-miraculeuse avait été découverte la conspiration de

Dampmartin, une troupe d'archers, ayant reçu des ordres précis, se mettait en marche pour le mont Sainte-Catherine, afin de s'emparer de la personne du comte et de tous ses complices.

Nous avons vu que le chef du complot demeura introuvable, par cette raison qu'il s'était déjà mis à l'abri des poursuites dans un petit logis de Saint-Sever, qu'il devait quitter au matin afin de rejoindre à Caen le duc François II et de l'informer du mauvais succès de cette aventure.

Quant aux hommes composant la bande de Gosier-d'Or, si les archers en gardèrent une douzaine, la plupart réussirent à s'échapper à la faveur de la nuit et du tumulte.

Aux sons éclatants des trompettes, aux cris de : *Los!* et de : *Noël!* répétés par la foule, succédait enfin le silence. La ville de Rouen, saturée d'émotions violentes, éprouvait le besoin du repos. Les habitants de la ville, ayant appris simultanément le complot de François II, le piège tendu au prince par le comte de Dampmartin, l'envahissement de l'abbaye, l'arrestation des truands, la proclamation du jeune duc, n'en pouvaient plus d'étonnement et de fatigue. Chacun était rentré chez soi ivre de bruit, de lumière, assourdi de cris, et songeant avec quelle joie on pourrait, le lendemain, parler encore d'événements si étranges.

Huguette, pleurant près du cadavre d'Isabeau, n'avait rien compris à ce tumulte ; tandis que l'on parlait de conspiration, elle voyait l'âme de la pauvre fileuse montant les degrés des cieux, pour s'en aller, riche de ses mérites, demander au Seigneur la récompense réservée aux humbles vertus.

Dizier s'était fort réjoui d'être témoin de cette pompe magnifique ; il regrettait bien un peu que les écussons, les ingénieux emblèmes peints par les imagiers d'Ogive n'eussent point servi pour la cérémonie ; mais Fulgence le consola en lui assurant que l'on célèbrerait bientôt la solennité des *jeux sous l'Ormel,* et que ce serait une excellente occasion de décorer le théâtre sur lequel monteraient les fils de la Harpe pour réciter leurs poésies, et aussi les échafauds tendus de velours et garnis de crépines d'or, sur lesquels s'assiéraient le prince, les grands seigneurs, les nobles dames et les gentes damoiselles.

Dizier, dont la pensée devenait sans peine un reflet de celle de Fulgence, déclara que le jeune chanoine avait raison.

Il se souvenait de la jolie figure de Petit-Jehan, dont circulait déjà la merveilleuse histoire ; il se promit de se faire un ami de l'ancien rinceur de gobelets d'étain de la *Pinte couronnée*. Heureux âge que celui de l'enfance ! L'amitié se forme avec la même rapidité que se nouent les fleurs roses des pommiers ! On ne se défie pas ; on se livre. Avant de s'endormir, Dizier songea aussi longuement aux paroles que son père lui avait dites ; il recommença ses rêves de chapelles gothiques, de vitraux flamboyants, d'autels brillants comme des châsses, d'anges agenouillés sur des degrés de marbre... Puis tout se confondit dans son cerveau ; il rêvait, et il souriait à son rêve...

Donat, lui aussi, se rappelait les promesses qu'il avait faites.

Après le départ de sa femme et de son enfant, il sortit ; puis, au moment où une sorte de panique s'empara de la foule, tandis qu'on arrêtait les compagnons de Gosier-d'Or, il redescendit la côte, et se précipita dans la maison qu'il s'empressa de fermer.

Alors il respira. Son front était livide, ses membres tremblaient comme ceux d'un homme saisi d'un accès de fièvre. Debout contre la fenêtre, il prêtait l'oreille à tous les bruits du dehors ; s'ils se rapprochaient, Donat faisait un bond en arrière et se mettait en état de défense. Enfin le tumulte s'apaisa ; il put se croire à l'abri ; peut-être les archers, se tenant pour satisfaits de leurs captures, ne songeaient plus à rechercher ceux des hommes de Gosier-d'Or qui leur avaient échappé.

Cependant la tranquillité ne reparaissait pas sur le visage de Donat ; une ride soucieuse creusait son front.

— Si les prisonniers parlaient ! murmurait-il.

Le braconnier se leva.

— Les dix années de Jacquet sont écoulées, dit-il... Le caveau renferme un trésor, ce trésor est à moi !

Il prit un couteau, un marteau, une cisaille, ralluma sa lanterne, et, poussant le bouton de fer caché dans la muraille, il pénétra dans le caveau, dont il ferma la porte.

Jusque-là, tout allait bien ; nul ne pensait à lui, croyait-il, et si quelques hommes du guet cherchaient encore les pillards du monastère, aucun ne songerait sans doute à fouiller cette maison, isolée qui paraissait muette comme la tombe.

L'aspect du caveau ne ressemblait guère à celui qu'il présentait le jour où maître Jacquet en apprit le secret à l'homme dont il faisait un confident et un recéleur.

Les conseils du misérable n'avaient pas tardé à porter leurs fruits.

Du jour où il mit le pied dans la taverne de la *Pinte couronnée*, Donat, coupable d'un crime, mais dont la conscience saignait sous le remords, s'endurcit dans le mal avec une effroyable rapidité. Il se fit admettre dans la bande des routiers ayant pour chef Gosier-d'Or, et, grâce à l'honnête apparence de son métier, qui lui permettait des absences motivées et des retards imprévus, il parvint à prendre le second rang dans la troupe ; et tout faisait présager, si un malheur survenait à Gosier-d'Or, qu'il le remplacerait comme chef des Routiers du diable. De Jacquet, qui s'était séparé de Gosier-d'Or afin de travailler seul et d'exploiter la Bourgogne, il n'avait plus reçu de nouvelles, et depuis quelque temps il comptait avec impatience les jours le séparant de la date fixée par le pillard comme le dernier terme, passé lequel il ne faudrait plus l'attendre.

Dans un angle du caveau faiblement éclairé par la lanterne, on apercevait d'abord un entassement d'objets brillants, à peine ternis par l'humidité du caveau : vases de vermeil, bassins d'argent, poignées de glaives, fermaux d'or, dont le prix devait être considérable, même en oubliant leur valeur artistique. Plusieurs bourses de cuir laissaient échapper des monnaies de provenances diverses.

Au lieu de regarder le trésor qui lui appartenait en propre, Donat souleva le sac de cuir apporté un soir par Jacquet et, sans prendre le temps d'en délier les cordons, il l'éventra d'un coup de couteau...

Alors roulèrent sur le sol des patènes, des calices, des fioles ayant contenu des huiles consacrées, des custodes destinées aux prêtres portant le viatique ; les dépouilles de dix chapelles gisaient aux pieds de Donat.

Il poussa un cri sourd, le cri d'une convoitise ardente :

— Des diamants! des émeraudes! des saphirs! Ah! le Routier du diable s'y connaissait... Oui, oui, Dizier sera ce qu'il veut être; il trouvera dans ce trésor assez d'argent pour édifier son chef-d'œuvre; je lui ferai bâtir un atelier de maître verrier, et l'on ne demandera plus que les figures peintes par lui... Dizier sera heureux, et Dizier ne saura jamais...

Le misérable s'arrêta et baissa la tête : la pensée que son enfant pourrait apprendre à quel prix son père était devenu riche lui causait un frisson de terreur. Il ne songeait point à la colère de Dieu, aux représailles des hommes, aux tourments de Huguette, sa femme, une sainte qu'il avait torturée; mais il tremblait à la pensée du mépris de Dizier.

— Au coffre ! dit-il enfin, au coffre !

Il prit sa hache, et, la levant, puis la laissant retomber, il brisa le bois du couvercle ; les clous soutenant les lames de fer sautèrent brusquement. Donat s'acharna sur cette lourde cassette, et un moment après il pouvait plonger ses mains jusqu'au fond. Elle était remplie de monnaies d'or, d'argent, de cuivre, et de menus objets d'orfèvrerie : bijoux de femme, agrafes de chaperons, joyaux pour les poignets et les oreilles. L'éblouissement le prit. Il se baissa et mit les bras jusqu'au coude dans l'or qui tintait sous ses doigts frémissants.

— Je quitterai ce pays, dit-il ; mon métier de taillandier ne suffirait point à expliquer semblable fortune... Nous irons loin, bien loin, l'enfant et moi... Je n'emmènerai pas sa mère... Non, par le ciel ! car elle semblerait le remords de ma vie, et je ne veux pas de remords... L'enfant, lui, ne se doutera de rien ! Il fera les plans de ses travaux ; il deviendra heureux et célèbre ; il m'aimera, car il me devra tout, tout !

Donat resta un moment immobile.

— Je compterai l'argent, je le placerai dans des sacs, c'est bien ; les diamants démontés sont aisés à cacher dans une petite bourse ; il s'agit seulement de dénaturer ces bassins d'argent, ces calices d'or, tout ce qui trahit, tout ce qui accuse : le blason des hommes et la croix de l'autel... Je ferai des lingots de tout cela : les lingots ne racontent pas ce qu'ils furent... Dès demain, j'apporterai ici ce

qu'il me faudra pour fondre ces richesses... Et dans deux jours,
oui, deux jours au plus, je serai riche, riche comme trois seigneurs
à bannière, et je partirai avec Dizier...

Au moment où Donat poursuivait son rêve de fortune, un bruit
vague d'abord, mais qui ne tarda pas à s'accentuer davantage, se
fit entendre près de la maison; puis, brusquement, la porte fut jetée
au dedans du logis, et, tombant sur le bahut et les bancs, elle pro-
duisit un tel vacarme que Donat fut pris d'une épouvantable terreur.
Presque au même moment, des voix irritées se firent entendre,
puis un cliquetis de fer succéda au bris des meubles; des cris de
rage furent proférés, et brusquement l'huis du caveau s'ouvrit.

Jacquet se trouvait en face de Donat. La foudre tombant aux
pieds de l'ancien braconnier l'eût moins effrayé que cette apparition
subite; mais ce ne fut pas, cependant, la vue du routier qui terrifia
si fort le mari d'Huguette: le pire qui pouvait arriver à celui-ci
était de se voir obligé de rendre un dépôt dont il se croyait maître;
Jacquet ne pouvait lui adresser de reproches: depuis quelques
heures, la date fixée par lui était expirée... Mais ce qui le clouait
muet, hagard, dans l'angle formé par la muraille, était de voir
derrière le Routier du diable cinq ou six archers solidement armés,
et contre lesquels il était impossible de se défendre.

Jacquet regarda d'un air gouailleur les deux soldats qui venaient
de mettre la main sur son épaule.

— Allons, fit-il, je serai pendu!

— Vous vous trompez, pille-bourse, on vous brûlera!..

— Donat, fit Jacquet, nous avons perdu la partie...

Le misérable bondit en avant, le couteau d'une main, le tronçon
d'une épée de l'autre. Il préférait être tué par les soldats que de
subir le sort qui le menaçait ainsi que son complice. Il ne pouvait
nier les vols dont les preuves l'entouraient et criaient contre lui...
Et puis, surtout, il voulait en finir, afin que Dizier ne le vît pas
entre les mains du bourreau...

Mais les archers, animés par la colère et par la lutte, éblouis par
la valeur de leur capture, et sachant bien qu'on leur paierait cher
la remise d'un prisonnier comme Donat, fondirent sur lui au
moment où il s'apprêtait à frapper, et parvinrent en partie à para-

lyser ses mouvements. Donat réussit, cependant, à blesser un des archers, mais pas assez pour le mettre hors de la lutte, et la vengeance se mêlant à tous les sentiments qui poussaient les soldats à ne point ménager le prisonnier, ils le jetèrent sur le sol, l'y maintinrent assez de temps pour le garrotter, et le laissèrent à côté de Jacquel, dont un bâillon étouffait les cris.

Donat ne devait apprendre que plus tard ce qui s'était passé.

Ogive la vit se diriger vers l'autel. (*Voir page* 131.)

XI
DÉSESPOIR

Dans cette même soirée pendant laquelle échouait la tentative du comte de Dampmartin pour enlever le jeune duc Charles et le remettre à la sollicitude du duc François, Jacquet revenait de Bourgogne avec l'intention de passer quelques jours en Normandie, de faire un dernier voyage au caveau et d'y reprendre ses anciennes richesses ; car, se souvenant de la parole donnée à Donat, il pouvait craindre que celui-ci ne disparût avec le trésor dont il aurait cru pouvoir hériter. Jacquet comptait être à Rouen bien avant la date fixée ; il fut retardé par une expédition malheureuse, dont le résultat le plus clair fut une blessure à la tête qui le força de rester caché dans une cabane de pauvres gens jusqu'à guérison absolue. Quand il fut assez bien pour se remettre en marche, il n'avait pas encore laissé passer le délai et il se trouvait dans la ville de Rouen au moment où les soldats gravissaient la côte Sainte-Catherine afin d'arrêter, dans les jardins de l'abbaye, les complices de Gosier-d'Or.

Malheureusement pour lui, Jacquet portait une cassette assez pesante, et son allure eut quelque chose de suspect pour des soldats qui se trouvaient chargés d'arrêter non seulement des conspirateurs, mais aussi des voleurs de la chapelle Sainte-Catherine. Jacquet fut désigné comme un des bandits de Gosier d'Or, et on lui donna la chasse. En vain jeta-t-il derrière lui un coffret rempli d'objets d'un grand prix ; la pensée du gain n'empêcha pas les soldats de remplir leur devoir : ils laissèrent le butin pour l'homme, et le virent s'arrêter devant la Maison du Sabbat.

Jacquet en conservait une clef; il ouvrit rapidement la porte, la rejeta violemment, et se précipita dans la salle basse: Qu'il parvînt seulement jusqu'au caveau, et il était sauvé !

Avant que les archers eussent trouvé le moyen de pénétrer jusqu'au misérable, celui-ci se serait enfui par une issue secrète, et il aurait gagné la campagne.

La présence de Donat dans le retrait renfermant le produit des rapines des deux routiers ne permit pas à Jacquet d'exécuter son plan. La lanterne de Donat éclaira subitement les deux complices, et, avant que Jacquet eût le temps de repousser la porte du caveau, un des soldats se précipita sur le Routier du diable.

Les deux misérables étaient maintenant réduits à l'impuissance, et se tordaient sur le sol comme des serpents blessés.

— Qu'allons-nous faire ? demanda l'un des archers.

— Prévenons toujours M. le prévôt ; il fera ensuite traîner ces bandits à la prison du bailliage.

Quatre des archers demeurèrent dans la Maison du Sabbat, tandis que leur camarade se rendait aux prisons de la ville.

Il était dit que pas une des autorités de la bonne ville de Rouen ne pourrait dormir, cette nuit-là.

L'aube blanchit bientôt le ciel ; les cloches des églises tintèrent les premières messes ; les grosses horloges sonnèrent les heures matinales ; les boutiques s'ouvrirent ; le mouvement, à peine assoupi, recommença ; la fatigue des émotions de la veille n'empêcha pas une bourgeoise de se lever : chacune avait tant à raconter à ses voisines ! tant de questions à adresser !...

Un courant joyeux passait dans l'air. La pensée du danger auquel venait d'échapper miraculeusement le jeune prince mettait chacun en allégresse.

Petit-Jehan devenait un important personnage ; le maître tavernier, le gros et opulent Chrysogone, venait de voir fermer l'honnête maison de la *Pinte couronnée*, et réfléchissait à son aise aux dangers auxquels on s'expose en composant sa clientèle de gens comme Hoqueteau, Triple-Buse et Gosier-d'Or, et aux inconvénients qu'il peut y avoir à garder pour rinceur de gobelets un misérable petit enfant affamé, battu, haï, qui, trouvant une bonne action sur sa route, se hâte de l'accomplir au péril de sa vie.

Oui, vraiment, la ville de Rouen avait des émotions pour plusieurs jours. Les grands seigneurs se dirigeaient vers le château afin de faire leur cour au nouveau duc ; les moines de l'abbaye réparaient le désordre causé dans leur chapelle par l'invasion des routiers, et remerciaient Dieu d'être quittes à si peu de frais d'une semblable visite domiciliaire.

Le prévôt de Rouen se trouvait au château, quand un des archers à qui l'on devait l'arrestation de Jacquet et de Donat lui vint demander ses ordres.

A peine le soldat eut-il parlé du trésor enfoui par les routiers dans la Maison du Sabbat que messire Louviers dit à l'archer :

Conduis-moi, l'ami, et si tout ce que tu avances est vrai, la fortune est faite !

Quelques moments après, le prévôt, le bailli de Rouen, un juge criminel et des greffiers montaient vers l'étrange habitation de l'Égyptienne, qui semblait vouée à tous les maléfices et à tous les crimes.

Quand ils arrivèrent dans la Maison du Sabbat, le jour était venu, un ciel éclatant semblait promettre une magnifique journée.

Les soldats, assis sur les escabeaux, attendaient ; et les prisonniers, étendus sur le sol, bâillonnés et n'ayant plus de vivant dans le visage que des yeux fixes et sanglants, gisaient en travers du caveau, dont les richesses brillaient dans la pénombre.

— Relevez ces misérables, dit le juge criminel à un des soldats, enlevez-leur ces bâillons ; nous allons procéder à leur interrogatoire.

Le greffier prit son écritoire et sa plume, et les magistrats allaient commencer l'interrogatoire de Donat, quand une femme parut sur le seuil.

C'était Huguette, revenant de la veillée des morts.

. . . .

Huguette court dans les rues de Rouen, le visage livide, les yeux rougis, la bouche frémissante ; parfois elle s'arrête, s'appuie contre la muraille d'une maison ou tombe défaillante sur un banc de pierre ; puis elle se relève et reprend sa marche, ne voyant plus, n'entendant rien, les prunelles aveuglées par les pleurs qu'elle s'efforce de retenir, les oreilles remplies d'un bruit tempétueux comme celui de la mer hurlant contre les rochers. Où va-t-elle ? Peut-être ne le sait-elle pas ; l'on dirait sa raison naufragée dans son désespoir ; l'instinct la pousse, instinct vague du cœur blessé cherchant la consolation, la pitié, l'espérance... Pauvre femme ! elle accroche ses vêtements à une ferrure de volets et les déchire ; sa coiffure est envolée pendant sa course affolée, ses cheveux dénoués pendent sur son dos ; ses mains se crispent, des sanglots montent à ses lèvres. Elle vient enfin tomber à genoux sur le seuil d'une maison, et reste là, inerte, les bras en croix, le cœur battant à mourir, la prunelle convulsée, sans voix, sans souffle, agonisante... Tout à coup sa pensée se réveille, elle se dresse, sou-

lève le heurtoir, et reste là prosternée, si bien perdue dans son
désespoir qu'elle ne se lève même pas au moment où Marianne
s'écrie :

— Jésus Sauveur, c'est Huguette !

La vieille servante la soutient et la conduit dans la salle des
aumônes, cette salle dont elle franchit le seuil, voilà plus de huit
années, et dont elle sortit l'âme rassérénée.

Les clients d'Ogive ne sont pas encore arrivés ; la pieuse sœur
du chanoine messire Le Bouteiller prie encore à la cathédrale ; les
pauvres ne viendront pas avant une heure.

— Mon enfant ? mon enfant ? demande Huguette.

— Vous en êtes inquiète ? Oh ! rassurez-vous, il a passé une
partie de la soirée dans la cathédrale avec messire Le Bouteiller et
le jeune chanoine Fulgence... Et il fallait voir les grands yeux
ouverts par le chérubin pendant la cérémonie... Là ! vous voilà
rassurée... Voulez-vous que je vous conduise près de lui ?

— Non ! dit rapidement Huguette, il dort, laissez-le dormir.

— Vous voilà bien faible et malade, Huguette ; si je vous appor-
tais du bouillon de bœuf fortifiant, ou bien un gobelet de vin
vieux ?

— Oh ! Mademoiselle Ogive ne viendra donc pas ?

— Huit heures sonnent, elle rentrera dans une minute... Votre
douleur va grandement l'affliger...

— Oui, ma grande douleur... répéta Huguette.

— Vous l'aimiez beaucoup ?

— Jusqu'au martyre, Marianne.

— On le disait, on le savait bien dans le voisinage, et chacun,
vous jugeant si dévouée, vous estimait davantage...

— C'est fini, fini ! dit Huguette en se tordant les mains.

— Voyons ! ne vous désespérez pas de la sorte... Vous trouverez
des amitiés nouvelles... La vieille fileuse priera pour vous et pour
le bonheur de Dizier...

— Le bonheur de Dizier ! murmura Huguette.

— Et demoiselle Ogive vous chérira doublement, pour vous
consoler de la perte d'Isabeau.

— Isabeau ?...

— Pauvre créature ! vous l'aimiez si fort que vous ne vous souvenez plus... Cependant vous êtes venue hier demander une messe à messire Fulgence, et vous avez passé la nuit près de la morte...

— Oui, dit Huguette, mais depuis... Oh ! depuis... C'est moi qui aurais dû mourir, c'est moi qui devrais être cousue dans le drap mortuaire... Oh ! pourquoi le Seigneur ne m'a-t-il pas foudroyée avant cette nuit ?

Marianne n'essaya plus de calmer Huguette ; mais, au moment où Ogive franchit le seuil du logis, elle ouvrit la porte de la salle des aumônes et montra, sans parler, à sa maîtresse, Huguette sanglotant la tête dans ses mains.

La sœur du chanoine s'avança et posa sa main pâle et amaigrie sur le front brûlant de l'infortunée.

Celle-ci tressaillit, ouvrit les yeux, reconnut Ogive, et joignant les mains avec une ferveur mêlée d'angoisse :

— Vous le sauverez, n'est-ce pas ? dit-elle, vous le sauverez ?... Je ne veux point savoir s'il a commis tant de crimes, j'oublie ce que j'ai souffert par lui... La justice vient de le prendre... Il est, à cette heure, dans les cachots de la prison du bailliage ; on le jugera, on le condamnera, on le tuera...

— Qui donc ? demanda Ogive comprenant mal encore ces confidences incohérentes comme l'expression du désespoir.

— Mon mari... fit Huguette serrant dans ses doigts l'étoffe de la robe d'Ogive.

— Ainsi, demanda la sœur du chanoine, Donat était un malfaiteur ?

— C'est mon mari ! fit Huguette. Les hommes ont le droit de l'enfermer, de l'interroger, de le punir... Moi, je suis sa femme, et j'ai pour devoir d'essayer de le sauver.

— Il vous a longtemps torturée, Huguette !

— Je ne sais plus, demoiselle, en vérité, je ne sais plus... Mais je me souviens de ceci : le jour où le prêtre nous bénit, il nous maria pour la vie, qu'elle fût amère ou douce, honorée ou flétrie... Ses fautes, ses crimes, Dieu les voit, les hommes les constatent... Je ne suis pas la justice, je me nomme la pitié, l'indulgence... Je suis l'épouse, et je veux l'arracher aux bourreaux... Je suis la mère, et je ne veux pas qu'en tuant un père, même pour la justice, on déshonore l'enfant !..

— Que s'est-il donc passé, Huguette ? demanda Ogive en entraînant la malheureuse femme sur un banc circulaire entourant la salle.

— Je l'ignore, demoiselle... Quand je suis arrivée, tout était fini... Isabeau morte, je l'avais veillée, et je revenais à la maison prendre des dispositions pour les funérailles... De loin, je vis la porte de ma demeure non pas ouverte, mais brisée... Je compris qu'il était arrivé un malheur, et je me précipitai en courant.

Dans la salle, un homme écrivait ce que lui dictait un juge... En face du magistrat se trouvait mon mari, garrotté, livide, la sueur de la mort au front... A côté de la table, vautré sur le sol comme une bête entravée, était un autre homme que j'avais jadis vu, le démon qui, autrefois, poussa Donat à la paresse d'abord, au braconnage ensuite, pour le faire finir... comme il a fini... Et, dans le fond, tout au fond de la chambre, béait l'ouverture d'un caveau dont j'ignorais même l'existence, et dans ce caveau luisaient des choses d'or et d'argent...

— Ah ! malheureuse, je comprends...

— Vous parliez tout à l'heure de mes souffrances, demoiselle, mais vous ne pouvez les comprendre... Grâce au Seigneur, j'ai gardé l'âme honnête, le cœur pur... Jamais le bien d'autrui ne m'a tentée, et ma pauvreté me semblait heureuse et prédestinée, quand je me disais que le Seigneur me ménageait une place au paradis... Dans les premiers temps de mon séjour à Rouen, j'étais bien encore poursuivie par un horrible souvenir ; mais l'impression s'effaçait : Donat reprenait ses outils, Isabeau me procurait du travail, et puis j'avais l'enfant... D'ailleurs nous autres, chrétiennes, nous croyons toujours dans la bonté du Seigneur, dans la force de la prière... Je me disais que le temps des miracles n'est pas passé, puisque l'image du Sauveur Jésus domine toujours sur l'autel, et que la Vierge sacrée garde ses sept glaives saignants dans la poitrine... Ceux qui ne croient pas ne comprennent point ces choses ; mais nous, c'est notre vie, le jour de notre âme, notre consolation....

Je ne sais point ce qui se passa un soir ; mais le lendemain, en rentrant, car j'avais veillé Isabeau malade, comme je viens de l'ensevelir morte, je trouvai une charrette sous l'appentis, et le caractère de Donat me parut une seconde fois changé... Il avait fait le mal jadis ; mais le poids du remords me prouvait qu'il viendrait au repentir, et j'attendais l'heure de Dieu. . Hélas ! était-elle donc passée ? Donat commença à s'éloigner de la maison ; il se procura un cheval, fit du trafic, et, quand il revenait de ses voyages, il rapportait jusqu'à des philippes d'or... Oh ! je vous le jure, demoiselle, je ne touchais jamais à cet argent... Dizier et moi nous vivions de mon faible gain !

— Pauvre et honnête créature ! fit Ogive.

— Je ne questionnais plus, je ne demandais rien... Je me faisais la servante muette et désolée de cet homme qui m'avait aimée, qui était mon mari, et qui m'avait prise en mortelle haine, quand je sentais encore, dans le fond de mon cœur, que pour son salut je me serais fait tuer.

Parfois je me demandais ce qu'il adviendrait de lui et combien posaient ses fautes dans la balance divine ; mais j'espérais encore, j'attendais toujours qu'il revînt à Dieu...

Huguette passa les mains sur son front, comme si elle cherchait sa pensée mourante avec les vestiges de son bonheur.

— Il me dit un jour une chose impie, reprit Huguette : il me menaça de prendre l'enfant, quand il serait grand, et de l'emmener loin, si loin que j'ignorerais toujours ce qu'il serait devenu... Mais le chagrin causé par cette parole s'effaça, quand je vis mon Dizier admis dans l'école de vos jeunes clercs... et puis Donat disait cela pour m'effrayer sans doute...

Je ne veux plus, je ne puis plus me souvenir que d'une chose : je suis sa femme et je veux le sauver... Songez donc, Donat condamné, c'est le malheur de l'enfant ! et je veux qu'il vive et qu'il soit heureux...

Demoiselle Ogive, vous qui pouvez tout, allez trouver le bailli, allez parler au juge criminel, donnez de l'or au geôlier. Nous partirons, nous irons loin, si loin que jamais on n'entendra parler de nous... Je conduirai mon mari sur le tombeau des saints ; il demandera pardon à Dieu et aux hommes ; il fera pénitence, je vous le jure ! il fera pénitence...

— Hélas ! ma pauvre Huguette, répondit Ogive, ce que vous me demandez, je ne puis le faire. La justice est au-dessus des considérations de douleur et de désespoir ; elle poursuit son œuvre sans regarder en arrière, sans voir si elle ne blesse pas des innocents... Vous le savez, vous l'avouez, Donat fut coupable.

— C'est mon mari ! répéta Huguette avec une obstination sublime.

— Mais, ne pouvant lui ouvrir les portes de la prison, reprit Ogive, je puis du moins m'occuper d'adoucir son sort...

— Merci ! je vous remercie, demoiselle.

— Voulez-vous voir Dizier ? demanda la sœur du chanoine.

Elle comprenait avec sa délicatesse infinie que la vue de l'enfant consolerait seule la malheureuse épouse.

— Mon Dieu ! s'écria Huguette avec épouvante, s'il allait me parler de son père !

— Vous lui répondriez qu'il est absent pour longtemps.

— Oui ! oui ! dit Huguette, que l'innocent ne sache pas, qu'il n'apprenne jamais...

Elle n'ajouta rien et éclata en sanglots.

Ogive attira vers elle cette martyre et garda sur son épaule le front décoloré de l'infortunée ; puis, doucement, lentement, et d'une voix faible comme un murmure, elle lui dit :

— Vous ne quitterez plus notre maison, Huguette ; Marianne vous préparera une petite chambre sous le colombage... Elle est claire et gaie... Comme j'ai peu de temps pour la surveillance du logis, vous me suppléerez parfois... Dizier a son nid d'oiseau au même étage... Vous n'oublierez pas ; mais vous souffrirez moins que dans la maison de la côte Sainte-Catherine...

— Vous êtes un ange ! fit Huguette en baisant les mains d'Ogive.

— Mes pauvres vont venir, ajouta la sœur du chanoine ; suivez-moi afin de prendre possession de votre chambre ; vous y resterez tout le jour si vous le voulez, et, comme hier, nous garderons Dizier.

Alors Ogive, prenant Huguette par la main, la guida vers une pièce modestement meublée, mais dans laquelle entrait gaiement

le soleil. Un bruit de rires d'enfants, des murmures de voix appelè-
rent Ogive vers la fenêtre.

— Voici mes pauvres, dit-elle ; je descends, au revoir !

Un moment plus tard, Dizier rejoignait sa mère.

— Comme le voilà pâle ! s'écria-t-il en se jetant à son cou. Oh !
je ne veux plus que tu veilles seule les morts... J'irai avec toi, je
suis un homme. Tu ne sais pas tout ce qui s'est passé hier... l'entrée du gentil duc, si doux et si mignon qu'on l'aime tout de suite !
Petit-Jehan, l'orphelin qui besognait chez Chrysogone, a grande
chance d'avoir sauvé le prince Charles : messire Jehan de Lorraine
l'adopte... Quel méchant homme, ce Chrysogone ! Tous les routiers
des environs s'enivraient chez lui... Mais son affaire est mauvaise,
il sera au moins pendu, et ce sera bien fait, n'est-ce pas, mère ?...

— Il faut toujours avoir compassion de ceux qui souffrent, mon
enfant, même quand ils sont coupables...

— J'ai pitié de Petit-Jehan, mais pas de Chrysogone.

— Les méchants sont à plaindre, mon fils !

— Prier pour lui, ce sera comme si je le plaignais, dis ?

— Ce sera mieux encore, chéri.

— Eh bien ! je prierai... D'abord je suis content, ce matin.

— Oh ! tu es content !

— C'est-à-dire je l'étais, avant de voir que tu as pleuré.

— Et quelle était la cause de ta joie ?

— Mon père...... dit l'enfant d'un ton confidentiel.

— Ton père ! répéta Huguette en frissonnant.

— Oui. Nous étions seuls, tous deux, dans la maison, pendant
que tu veillais Isabeau...

— Sans doute. Après ?

— Mon père et moi nous avons causé, et il a été bon, très bon...
D'abord, quand je lui ai dit que je voulais bâtir des églises et
peindre des vitraux, il ne m'a pas découragé, au contraire... Et
quand je lui ai objecté qu'il faudrait beaucoup d'argent, il m'a
répondu : « Sois tranquille, Dizier, j'ai amassé pour toi, tu seras
riche ! »

— Le malheureux ! pensa Huguette.

— N'est-ce pas, c'est bon à lui ?

— Et qu'avez-vous dit encore ?

— Qu'il me ferait faire plus tard de beaux voyages... Je l'ai quitté très heureux, pour revenir ici, et je me fais une joie de l'embrasser et de le remercier aujourd'hui.

— Mon enfant, dit Huguette, aujourd'hui ce ne sera pas possible !

— Pourquoi ?

— Ton père a quitté Rouen.

— Pour longtemps?

— Dieu le sait !

— Alors c'est pour cela qu'il m'a si fort embrassé hier soir?

— Oui, c'est pour cela.

— Nous prierons pour lui ensemble. dit l'enfant en couvrant sa mère de caresses.

Huguette eut le courage de conseiller à Dizier de rentrer dans l'atelier des copistes et des enlumineurs : elle ne pouvait plus supporter l'horrible contrainte que lui imposait la présence de Dizier. Chaque mot de cet être innocent ravivait une horrible souffrance. Quand elle se retrouva seule, elle pleura et se sentit allégée d'une partie de son fardeau.

Vers le soir, elle quitta la maison du chanoine, se rendit à la cathédrale, où Ogive la vit se diriger vers l'autel, et y pria avec ferveur jusqu'à l'heure de la fermeture des portes. Mais, au lieu de se diriger vers l'asile que lui offrait la charité, elle fut prise d'un impérieux désir de revoir cette maison maudite dans laquelle elle avait souffert et qui, maintenant, ressemblait à un tombeau.

La nuit était venue ; la grande salle basse restait plongée dans une obscurité presque complète ; la porte du caveau béait comme l'entrée d'un gouffre...

Sur le sol traînaient des cordes oubliées par les archers.

A terre, un objet brillant reluisait : c'était une bague tombée tandis que l'on transportait hors de cette demeure les dépouilles des châteaux et des églises amoncelées là par les routiers.

Huguette la broya sous son talon.

Puis elle alla décrocher le crucifix attaché par elle à la muraille afin de sanctifier une demeure vouée à l'exercice de la magie noire par Sikita l'Égyptienne. Ce crucifix, elle le porta dehors, afin de le préserver ; puis, cherchant dans un meuble, elle trouva un silex, du linge brûlé et la lame d'un vieux couteau.

Une minute après, une lumière brillait dans la Maison du Sabbat.

Il fallut peu de temps à Huguette pour amonceler les pauvres meubles dans la cheminée, moins de temps encore pour en approcher la lumière...

Elle sortit alors, et, le crucifix dans ses bras, elle s'éloigna.

Quand elle fut arrivée au bas de la côte, une clarté rouge brillait vers le centre, et cette clarté allait grandissant comme un incendie.

— Bon ! dit un bourgeois, on allume des feux de joie en l'honneur de notre nouveau duc !

Mais Huguette, le bras étendu vers la flamme qui commençait à former une longue colonne, murmura :

— Que le feu purifie la maison du crime, et qu'il ne reste pas trace de la demeure maudite qui, bâtie par une fée de Satan, abrita des meurtriers et des sacrilèges !

Le chapitre s'assembla dans la cathédrale. (*Voir page* 142.)

XII

L'INSINUATION DU PRIVILÈGE

Messire Loys Le Bouteiller travaillait à son *Histoire des Arche-*
vêques de Rouen, dans le manuscrit de laquelle La Pommeraye

devait puiser plus tard tous les éléments de sa compilation sa-
vante, quand Fulgence pénétra dans son cabinet de travail.

Certes, jamais type plus pur et plus beau ne rappela aux regards
les figures angéliques d'Étienne et de Laurent, les diacres de la
primitive Église. L'adolescent que nous avons vu un soir drapé
dans sa robe de novice, et quittant Jumièges pour la maison du
chanoine, faisait place à un homme dans l'éclat d'une brillante
jeunesse. Son regard franc et pur étincelait sous l'abri de ses paupières, dont les cils longs et courbés projetaient une ombre sur sa
joue. Un sourire grave et doux, dont la charité bannissait la tristesse, reposait sur ses lèvres. Son front respirait la sérénité
des anges : cette sérénité faite de repos en Dieu et de joie intérieure
qui se reflète sur le visage, et dont l'irradiation visible donna aux
artistes la première idée des nimbes rayonnants dont ils environ-
nèrent les élus. Une chaude pâleur couvrait le visage, dont les
lignes pures devenaient plus touchantes, en se fondant dans une
sorte d'amaigrissement. L'austérité marquait de son doigt cette
figure angélique, en y ajoutant un caractère de mystique grandeur.
Ses cheveux longs et blonds, bouclés comme ceux des anges ou
des fils de roi, tombaient sur son vêtement sombre. Ses mains
blanches se perdaient dans l'ampleur de son costume.

— C'est vous, Fulgence? dit le vieillard en posant sa plume sur
le vélin.

— Oui, mon Père, c'est moi... et, croyez-le, il faut que le cas
soit bien grave pour que j'ose vous arracher à votre travail.

— Un travail dont tu es le collaborateur modeste, mon fils...
Fulgence, tu es bien pâle, ce matin, plus pâle que de coutume...
Songes-y, la flamme ne doit pas encore consumer la lampe. Tu dois
vivre, pour accomplir de grandes choses peut-être... mais à coup
sûr pour donner à tous des exemples de vertu... Je ne veux pas,
entends-tu, mon fils, mon élève, mon frère, que la pénitence
prime en toi la charité...

Le jeune prêtre trembla légèrement.

— Je suis le disciple d'un Maître crucifié, dit-il et le serviteur
n'est pas plus grand que le maître... Rassurez-vous, mon ami :
ce que je viens vous supplier de demander pour moi est justement

la facilité d'aimer ce ministère de la charité dont vous faites la
grandeur et la joie du prêtre...

— Alors, parle, Fulgence, parle, mon enfant...

— Oui, mon Père ; mais laissez-moi à vos genoux, comme un fils
implorant une grâce...

— Non, Fulgence, à mes côtés et la main dans la main.

— Tout à l'heure, reprit le jeune prêtre, une suppliante se traînait à mes pieds comme je reste aux vôtres... elle joignait les mains
comme je les joins moi-même, et priait comme je pleure...

— Mais de quoi s'agit-il donc, mon Dieu ?

— Dans deux jours, le chapitre de Notre-Dame, dont vous êtes
le doyen, désignera les quatre chanoines chargés d'aller signifier au
parlement, à la cour des aides et au bailliage, le privilège de la
fierte de Saint-Romain, grâce auquel le chapitre a droit chaque
année d'accorder la grâce d'un condamné à mort... Eh bien ! mon
Père, je demande à faire partie de ces messagers de la miséricorde...
je veux pénétrer dans les cachots emplis de terreur et de désespoir ;
je veux en ouvrir les portes à des misérables souillés de crimes,
leur parler le langage de l'espérance, les encourager, s'ils n'attendent plus rien des hommes, leur montrer le ciel, s'ils n'attendent
plus rien de Dieu... je veux, les voyant courbés par la honte et le
remords, les rapprocher de ma poitrine, leur donner la moitié de
mon âme, et faire descendre sur leur front l'absolution divine. Je
veux me donner à ces misères, les plus profondes de toutes, m'y
jeter avec l'élan d'une charité invincible, et triompher ainsi de la
dernière lutte humaine que je sente encore en moi...

— Laquelle, mon enfant ? demanda le chanoine, remué par les
paroles de Fulgence, par sa voix tremblante, par ses regards trou-
blés par des pleurs.

—- Mon ami, mon noble, mon saint ami, répondit Fulgence, mon
père est mort lâchement assassiné, mon père que j'aimais de la plus
profonde tendresse... Eh bien ! sans savoir le nom du monstre qui
m'a privé de ce père adoré, sans connaître le misérable qui tua ma
mère du même coup de couteau que son mari, je me prends parfois
à sentir contre lui des révoltes soudaines... J'ai peine à ne point le
maudire... Il me semble, parfois, que son châtiment serait un allé-

gement à ma douleur... Je me demande si, le sachant dans les mains de la justice, je ne me réjouirais pas de le voir expier ses crimes... Je me débats contre cette pensée; je supplie le Seigneur de prendre l'assassin en pitié; je lui demande la force de boire mon calice... J'épuise sur mes membres des pénitences sanglantes, qui mettent la pâleur à mon front; je lutte contre la douleur jusqu'à tomber à demi mort dans ma cellule... Il ne me suffit plus de visiter les pauvres, de soulager les misères humaines; je veux toucher les plaies de l'âme, et me rapprocher des lépreux du crime... Peut-être, à force de remplir ce ministère de mansuétude, à force d'écouter des aveux terribles et d'exercer sur moi la violence nécessaire pour entendre, sans horreur et dégoût, le récit des plus horribles forfaits, arriverai-je à dompter la dernière révolte, me rappelant que je suis un homme faible et pécheur, ne pardonnant pas encore comme pardonnait Jésus...

— Mon fils! mon fils! dit le chanoine en pressant Fulgence dans ses bras, le Seigneur ne te demande que de la bonne volonté!

— Trouvez-vous qu'il y ait orgueil humain à souhaiter atteindre l'héroïsme?

— Non, mon enfant; essayons le vol des aigles, quand même nous devrions nicher dans les trous de la pierre comme les colombes.

— M'accordez-vous ce que je vous demande?

— Je ne puis seul te désigner pour la sainte mission que tu souhaites remplir; mais j'implorerai près des membres du chapitre, qui sont tous mes amis, l'influence que me donne sur eux mon âge, afin d'obtenir que tu sois, cette année, l'un des prêtres chargés de descendre dans la prison du bailliage.

— Merci, oh! merci, mon Père!

— Tu ne m'as point encore appris quel prisonnier t'intéresse spécialement; mais tu m'as fait comprendre qu'on avait intercédé près de toi... De qui s'agit-il?

— De Huguette, mon Père.

— Quel crime peut avoir commis cette douce créature?

— Elle porte la honte des crimes d'un autre, mon Père... Ce Donat arrêté dans la nuit avec les conspirateurs du comte de Damp-

martin, ce Donat, dont on a trouvé la maison regorgeant de richesses enlevées aux manoirs comme aux églises, est le mari de
cette infortunée...

Elle ne s'est jamais cru le droit d'abandonner le misérable,
qu'elle espérait ramener à Dieu... Tandis qu'il vivait largement du
profit de ses rapines, elle nourrissait son enfant grâce à son gain
de fileuse!.. Jamais une plainte n'a franchi ses lèvres... Mais quand,
ce matin, elle a connu l'horrible vérité, elle s'est jetée aux genoux
de votre sœur en lui révélant le secret de sa vie... Je viens de l'entendre à mon tour...

— Et l'enfant? demanda le chanoine.

— Il ignore ce qui s'est passé; et notre première pensée, en apprenant l'immense malheur qui frappait Huguette, fut d'organiser
une pieuse conspiration afin que la nouvelle de l'arrestation de
Donat ne parvînt pas jusqu'à lui...

— Bien! bien! dit messire Le Bouteiller.

— Du reste, reprit Fulgence, le complice de Gosier-d'Or n'était
pas connu dans la ville; il promenait dans les campagnes et dans
les villes avoisinantes sa charrette remplie d'outils, et si le taillandier cachait le routier, le compagnon et le recéleur de Jacquet, nul
dans Rouen n'avait le soupçon que l'habitant mystérieux qui passait si rarement et presque toujours la nuit le seuil de la Maison
du Sabbat fût le mari de la frêle jeune femme que l'on voyait fréquemment agenouillée dans les chapelles, dont le fils prenait dans
la maison du chanoine de Notre-Dame des leçons de clergie, et
chantait en aube blanche au chœur de Notre-Dame.

— Tout ceci est chrétiennement et charitablement conduit, mon
fils! Que fait Huguette maintenant?

— La pauvre créature a vainement tenté de visiter son mari...
Donat est au secret le plus absolu.

— Témoigne-t-il du repentir de son crime?

— Il reste muet et sombre.

— Et son complice?

— Tandis que Donat se renferme dans le silence du désespoir,
Jacquet, plein d'audace et de forfanterie, raconte aux magistrats
une longue série de crimes; il se complaît dans le souvenir de ses

vols, de ses pilleries, de ses brigandages... On dirait qu'il tient à
prouver que le seul argent qu'il n'ait pas volé sera celui des fagots
de son bûcher... En même temps, moins par amitié pour Donat
que par une vanité exécrable commune à plus d'un criminel, Jacquet prend sur lui seul la responsabilité des pillages d'églises et de
chapelles dont les vases sacrés et les ornements ont été trouvés
dans le caveau de la Maison du Sabbat... Et, comme l'un des juges
demandait au Routier du diable pourquoi il s'efforçait de décharger
Donat de toute complicité dans certains crimes : « Parce que je
suis un voleur, et non un faiseur de menteries ! a répondu Jacquet.
Donat savait sans connaître le contenu du coffre et de la caisse,
qu'ils renfermaient une fortune... Il ne les a ouverts qu'à la date
fixée par moi... Il pouvait me renier, il ne l'a pas fait... Envers
moi, il s'est montré honnête, et je lui témoigne ma reconnaissance
par ma franchise... »

— De qui tiens-tu ces détails ?

— D'un juge chargé d'une partie de l'instruction criminelle...
Il fallait bien consoler Huguette ou, tout au moins, lui apprendre
ce qui concerne ce malheureux...

— Ainsi, demanda messire Le Bouteiller, tu souhaites être
désigné pour être envoyé dans la prison entendre les criminels,
dans le but d'essayer de sauver Donat ?

— Oui, mon Père, Huguette et Dizier n'ont-ils pas porté la
peine de ses crimes ?

— C'est une rude tâche, mon enfant !

— Je le sais...

— Je l'ai remplie une fois, et j'en frissonne encore... car, si l'on
ressent une joie ineffable à faire tomber les chaînes d'un coupable
dont le repentir plaide la cause, il peut arriver que nous usions
notre parole, nos larmes, nos prières, contre l'obstination aveugle
et bestiale d'un assassin...

— C'est le triomphe du prêtre, mon Père ; c'est l'œuvre de l'ange
ouvrant les portes de l'abîme ; c'est l'œuvre de Marie écrasant du
talon la tête du serpent immonde !

— Saint enthousiasme ! fit le chanoine.

— Vous m'exaucez donc ?

— Saurais-je te refuser?

— Oh! vous êtes bon, mon Père.

— Je t'aime, Fulgence, comme un fils de mon âme, et ce lien a presque autant de puissance que les liens du sang... Je ne puis, cependant, me défendre d'une sorte de pressentiment qui me dit de prendre garde... Cette mission est lourde, Fulgence, bien lourde...

Le jeune prêtre étendit le bras vers le crucifix du chanoine.

— Par le Sauveur mis en croix, je jure à vos pieds de la remplir!...

— *Fiat!* répondit le chanoine en posant sa main sur l'épaule du jeune homme.

Le silence régna entre eux pendant un moment; puis le jeune prêtre demanda à son vieil ami :

— Qu'écriviez-vous au moment où je suis entré?

— Le récit d'un des événements qui aient laissé dans mon âme l'impression la plus forte.

— De quel événement voulez-vous parler?

— De la mort de notre dernier archevêque.

— Vous en avez été témoin?

— Je faisais déjà partie du chapitre.

— Avez-vous terminé ce passage?

— A peu près.

— Permettez-moi de le lire, dit Fulgence.

— Ma main tremble beaucoup, dit le vieux prêtre, et je n'ai point la magnifique écriture des scribes qui font la joie d'Ogive, et la perfection des manuscrits qui sortent de leurs mains... Tiens! Fulgence, en voici un, c'est l'œuvre écrite en français par le grand-chancelier de France, Jean Gerson : *l'Homme contemplatif.* Je lirai donc moi-même le passage qui t'intéresse.

Le vieux chanoine commença :

« — Nulle part ailleurs, les cérémonies de l'intronisation d'un prélat ne sont aussi imposantes qu'à Rouen.

« D'abord, comme si l'élu du peuple et du Saint-Siège devait se purifier encore et méditer grandement sur les devoirs dont il accepte le fardeau, dès qu'il connaît le choix que l'on a fait de lui, il se rend dans un monastère, et se retrempe dans les austérités du cloître, avant de prendre la houlette du pasteur.

« C'est à la porte de l'abbaye que le clergé de la cathédrale, ayant à sa tête le doyen, va chercher le nouvel archevêque.

« Celui-ci se présente, ayant à sa droite l'abbé, à sa gauche le prieur. Il n'a point encore au doigt l'anneau épiscopal, que le privilège de l'abbesse de Saint-Amand est de lui présenter ; ses pieds sont nus, en signe de promptitude, d'humilité et de pénitence.

« Le doyen fait un pas vers l'abbé, et lui demande l'autorisation d'emmener le nouveau prince de l'Église.

« Alors l'abbé se tourne vers le doyen, et, s'adressant aux chanoines en leur désignant l'évêque :

« — Nous vous le donnons vivant, vous nous le rendrez mort... »

« Je ne sache pas de parole plus grande, plus terrible. A la majesté de l'intronisation se mêle l'image du trépas... Au moment où l'évêque quitte l'abbaye, environné par une pompe magnifique, il lui est rappelé qu'il y reviendra immobile, sans souffle et sans vie. Et quand, après avoir gouverné son église, l'archevêque s'éteint riche de vertus et d'années, les chanoines le ramènent à la porte de l'abbaye et disent à l'abbé qui l'attend :

« — Vous nous l'avez donné vivant, nous vous le ramenons mort... »

« Et l'abbé répond d'une voix douloureuse :

« — Nous vous le rendrons demain à la même heure. »

« Durant toute la nuit, les chanoines prient et veillent comme ils avaient veillé et prié la veille de l'intronisation du prélat, et le lendemain, suivant la promesse de l'abbé, ils reprennent le corps de l'archevêque pour l'ensevelir sous les dalles du chœur de la cathédrale. »

— Merci, dit Fulgence. Je serais bien heureux si vous continuiez cette lecture ; mais je n'ose...

— Va reposer, mon fils ; moi-même j'ai fini ma journée, et je vais bénir le Maître divin qui m'a permis de la rendre utile, puisqu'il m'a donné de t'en consacrer une partie.

— Ainsi vous transmettrez ma demande au chapitre ?

— Oui, mon fils ; sois en paix ; je te bénis, et Dieu t'aime...

Deux jours plus tard, tandis que Huguette et Dizier priaient au fond de la chapelle dédiée à saint Romain, cette même chapelle dans laquelle, plusieurs années auparavant, elle avait demandé au ciel un miracle : le salut de son mari, une main légère se posa sur l'épaule de l'infortunée et une voix douce murmura :

— Espérez, Huguette, espérez!

— Je vous en conjure, dit la pauvre femme en levant son visage en pleurs, dites-moi ce que je puis attendre... apprenez-moi si Donat...

— Donat ne témoigne aucun repentir, et pourrait se croire perdu ; aussi ne devez-vous rien espérer ni des hommes ni de lui-même. Je vous l'ai dit, Huguette, il faut un prodige... Bientôt, les chanoines désignés par le chapitre iront faire au parlement, à la cour des aides et au bailliage « l'insinuation du privilège de Saint-Romain »...

— Eh bien? demanda Huguette.

— C'est grâce à ce privilège que le chapitre de Notre-Dame a le droit de gracier, chaque année, un condamné à mort.

— Oui! oui! je me souviens! s'écria Huguette, Isabeau me parla jadis de cette touchante coutume... Mais alors on peut gracier Donat, on peut le choisir pour soulever la *fierte*... On me le rendra, dites, damoiselle, oh! dites-moi qu'on me rendra mon mari...

— Messires les chanoines agiront suivant leur conscience, Huguette ; tout ce que je puis vous dire, c'est que Fulgence, le plus jeune de tous, est choisi pour porter la parole... Et Fulgence vous tient en grande estime, et vous prendra en grande pitié... Vous voyez bien qu'il faut prier, Huguette, et demander jour et nuit avec des larmes la grâce de celui que vous aimez encore.

— Il sera sauvé, dit Huguette avec exaltation; Donat sera sauvé, je le jure! Ce soir, je partirai, et j'irai pieds nus par les routes de Normandie, visitant l'une après l'autre les chapelles miraculeuses, et suppliant la Mère de douleurs d'avoir pitié de moi... A-t-elle jamais repoussé un malheureux?... peut-elle dédaigner les sanglots d'une épouse et d'une mère, elle qui ensevelit Joseph de ses mains et resta debout au pied de la croix de son fils?

— Allez, dit Ogive ; et, tandis que, pèlerine, vous irez de chapelle en chapelle, le miracle attendu s'accomplira.

— Si je mourais durant la route... dit-elle.

— Votre fils ne me quitterait plus, répondit la sœur du chanoine.

Le soir même, Huguette s'enveloppait d'une robe de pèlerine et prenait le chemin de l'oratoire de Notre-Dame-de-bon-Secours.

Cet acte de piété n'étonna point Dizier; seulement, chaque matin il prolongea sa prière dans la chapelle de Saint-Romain.

A mesure qu'approchait l'époque fixée pour le choix des chanoines chargés d'insinuer le privilège au parlement, l'émotion de la ville grandissait. On savait que les prisons regorgeaient de prisonniers, et l'on se demandait avec curiosité sur quel coupable se reposerait la miséricorde divine. Déjà les protecteurs des prisonniers s'occupaient de rédiger leurs lettres de demande; et la ville de Rouen tout entière, depuis le plus noble jusqu'au dernier des manants, ne songeait plus à autre chose, quand un matin, dès huit heures, le chapitre s'assembla dans la cathédrale, afin de procéder à l'élection des quatre chanoines chargés de le représenter près du parlement, de la cour des aides et du bailliage.

Fulgence fut du nombre des élus, et son cœur battit d'une vive joie au moment où messire Loys Le Bouteiller prononça son nom. Quelques instants après, les chanoines désignés quittèrent le chœur en surplis et en chasubles, suivis de quatre chapelains et du tabellion du chapitre, qui avait la qualité de clerc.

Les chanoines marchaient deux par deux, d'un pas lent et grave; la pâleur de Fulgence témoignait d'une profonde émotion.

En avant des chanoines s'avançait l'huissier messager, en robe, mi-partie violet et rouge, coiffé d'un bonnet carré et portant une verge à la main.

Sur le passage de ces envoyés de la miséricorde divine, allant rappeler des droits sacrés à la justice des hommes, le peuple se signait et s'agenouillait dans les rues; des groupes nombreux les accompagnèrent jusqu'au palais du parlement, où un huissier s'empressa de les annoncer à Messieurs de la Grand'Chambre.

Ceux-ci les attendaient.

Fulgence, chargé de prendre la parole au nom du chapitre, s'avança modestement.

Sa science, sa piété lui méritaient une juste influence.

On résistait difficilement à sa parole imagée, à sa voix vibrante, quand il entreprenait de convaincre ou suppliait d'accorder.

Le discours de l'ami, de l'élève de messire Le Bouteiller, retraça d'une façon saisissante et rapide la fondation du privilège destiné à perpétuer le triomphe de la foi chrétienne sur le dragon de l'hérésie, de la charité du Christ sur les rigueurs de la loi. Certes, c'eût été pour tout autre l'occasion de faire montre de grande science en clergie, tant prisée alors dans les universités ; mais Fulgence voulut rester apôtre avant de se montrer orateur. Il termina par ces mots une harangue plus touchante encore que belle :

— On pourrait retirer aux abbés leurs bénéfices, aux évêques leurs privilèges ; priver les uns des terres qu'ils tiennent de la munificence des rois, les autres des immunités qu'ils doivent au Saint-Siège : ils ne se plaindront pas, pourvu qu'on leur conserve les droits d'asile et de grâce, les deux seuls dont ils tiennent à user en ce monde, pour le soulagement des coupables et des malheureux !

Fulgence acheva son discours en suppliant le parlement d'avoir à accorder aux chanoines délégués par le chapitre l'acte d'insinuation du privilège, mentionnant qu'à partir de ce jour il était défendu « d'interroger, questionner, molester ni transporter les prisonniers d'un lieu à un autre, jusqu'à ce que le privilège eût son effet ».

Le président répondit en donnant « acte aux chanoines de l'insinuation du privilège, pour eux en jouir à la manière accoutumée ».

Puis, inscription de la demande étant faite sur les registres, avec l'approbation du président, les chanoines se retirèrent, afin de se rendre à la cour des aides, pour la prier de reconnaître la même insinuation et d'en donner également acte.

La formule variait légèrement : on suppliait le parlement; on priait la cour des aides; on insinuait au bailliage.

Quand ces démarches préliminaires furent terminées, les chanoines, le chapelain et le tabellion vinrent trouver le chapitre assemblé dans la salle capitulaire.

Fulgence prit la parole, et le notaire dressa procès-verbal de tout ce qui s'était passé dans la matinée.

Il était d'usage que le plus jeune des chanoines délégués par le chapitre offrît un repas à ses collègues, au chapelain et au tabellion ; agapes de la charité célébrant non point la mort d'un martyr, mais le salut d'un condamné ; on se réjouissait d'avance à la pensée d'ouvrir pour un misérable les portes de l'abîme au fond duquel il était descendu.

A partir de cette journée, d'ailleurs, la situation des condamnés recevait un notable allégement. Les geôliers, incertains sur qui se reposerait l'indulgence, montraient plus de bonté aux malheureux ; les interrogatoires cessaient ; le bourreau n'avait plus le droit d'aiguiser ses glaives et ses haches, ni de faire rougir ses tenailles ; une trêve sacrée, que nul, pas même le roi, n'aurait osé enfreindre, laissait à chaque condamné une lueur d'espérance.

A partir de cette heure, les plus misérables, les plus criminels pouvaient attendre le salut. Ils savaient que leurs parents, leurs amis gardaient un suprême recours. D'ailleurs, le privilège de soulever la *fierte* était réservé le plus souvent non point à un homme emprisonné pour une faute relativement légère, mais plutôt à un grand coupable.

Il semblait, en agissant de la sorte, que l'Église eût pour but de mettre davantage en relief la souveraine puissance dont elle jouissait durant une heure. Elle tenait à prouver à tous qu'elle arrachait véritablement un homme à la mort et une âme à l'enfer.

Fulgence savait bien que le plus difficile de sa tâche restait à remplir ; la déclaration du privilège accordé par le roi Dagobert à la prière de Dadon, son conseiller, l'ami de saint Éloi et de saint Romain, était une simple formalité, dans l'exercice de laquelle le talent du rhéteur brillait plus que le zèle de l'apôtre.

Le jeune prêtre, à mesure qu'avançait l'époque des Rogations, redoubla ses prières, ses austérités et ses larmes ; il éprouvait une sorte de tremblement intérieur, comme s'il allait au-devant d'une angoisse inévitable, et en même temps cette allégresse pleine d'exaltation et de force qui faisait rayonner la face des martyrs au moment où ils entraient dans l'arène.

— Je ne sais pourquoi, dit Ogive à son frère, le dimanche qui précédait la fête de l'Ascension, je tremble pour Fulgence !

— Dieu est sa force ! répondit Loys Le Bouteiller ; quel que soit le combat, il en sortira victorieux.

Dans le premier cachot se trouvait un malheureux demi mort. (*Voir page* 148.)

XIII

DANS LES LIMBES

Les cloches des paroisses, de la cathédrale, des abbayes, des chapelles se renvoient l'invitation à la prière ; les rues regorgent

d'une foule pieuse, empressée de se mêler aux magnifiques proces-
sions que ramènent les trois jours des Rogations, pendant lesquels
l'Église demande à Dieu d'abondantes moissons. Dans sa bonté
universelle, cette mère mystique, plus dévouée que toutes les
mères humaines, s'occupe à la fois de l'éternel avenir de ses fils
et du bonheur dont ils peuvent jouir pendant leur rapide séjour en
ce monde. Elle a des chants, des prières, des bénédictions pour le
sol creusé par la charrue; elle appelle la rosée sur les champs des-
séchés, la fertilité sur les vergers; elle se fait toute à tous, et les
saints qu'elle honore, les docteurs qu'elle révère n'ont point dédai-
gné de composer des invocations à Dieu pour lui demander de
multiplier les blés et de rendre la vigne féconde.

Dans la capitale de la Normandie, un intérêt palpitant se mêlait
à la ferveur des prières publiques ordonnées pour les biens de la
terre. Le drame ramené chaque année par la fête de l'Ascension
allait commencer dans les prisons. A partir de ce jour, les chanoines écouteraient les aveux des prisonniers; puis, ces confessions
recueillies, ils choisiraient, devant leur conscience, celui qu'ils
jugeraient le plus digne de se voir appliquer le *privilège de la fierte*.

Désireux de rehausser la pompe de cette solennité, le jeune duc
de Normandie, en dépit des inquiétudes que commençait à lui causer son royal frère, qui regrettait moult de lui avoir concédé la
Normandie en échange du Béarn, et songeait en son esprit à la lui
reprendre en échange de la Guyenne, en attendant de lui envoyer
un panier de pêches qui lui rendrait cette même Guyenne; le duc
Charles, disons-nous, déclara qu'il suivrait pieusement la procession à pied, ayant à ses côtés messire Jehan de Lorraine, le plus
fidèle de ses défenseurs, et ses courtisans les plus empressés. Petit-
Jehan, élevé à la dignité de page, avait obtenu d'accompagner le
gentil duc.

Quand la messe fut achevée à la cathédrale, la procession se mit
en marche dans un bel ordre; et le chant des litanies des saints
commença, tandis que des milliers de voix alternaient avec les
noms des vierges et des martyrs rappelés à la pieuse mémoire du
peuple. La procession se dirigeait, le lundi, de Notre-Dame à Saint-
Éloi.

Au moment où elle passait devant le bureau des Finances, le
chanoine Rupert de Nouveil et Fulgence quittèrent la place qu'ils
occupaient au milieu de leurs collègues, et, s'inclinant profondément, ils se séparèrent du cortège, suivis par deux chapelains, le
notaire du chapitre et son messager.

Ils allaient commencer leurs visites dans les prisons.

Messire de Nouveil, qui comptait quatre-vingts ans, avait rempli
souvent ce charitable office; son recueillement restait calme, tandis
qu'une sorte de fierté généreuse animait le visage d'ordinaire si
pâle du jeune chanoine.

Le bailli et le geôlier Rollin attendaient les envoyés sur le seuil
de la prison; muets et graves, ils les conduisirent dans une salle
basse appelée le *parquet*, et dont l'aspect augmenta, s'il se peut,
l'émotion du protégé de messire Loys Le Bouteiller.

Une odeur suave, aromatique, remplissait cette pièce, complètement jonchée d'herbes odoriférantes. Sur une grande table se trouvait un énorme crucifix d'argent, aux côtés duquel brûlaient des
torches de cire jaune répandant un faible parfum. Deux dais placés
au-dessus de deux sièges à dossiers marquaient, avec des carreaux
richement brodés, la place des chanoines.

Sur un bahut, couvert d'une nappe enrichie de guipures ménagées dans la toile, se trouvaient placés des plats d'argent contenant
des oranges, un citron, un *touffeau*, des coupes et un flacon de vin.

Devant le crucifix était ouvert le registre d'écrou des prisonniers.

Les chanoines écorcèrent une orange, effleurèrent une coupe,
puis ils prirent place sur les chaises placées sous le dais; les chapelains étaient debout; le messager discrètement se tenait à quelque
distance.

Alors Rollin, le geôlier, s'avança, et, la main étendue sur l'Évangile, il jura que le livre d'écrou contenait exactement le nombre
des captifs renfermés dans les cachots de la prison du bailliage.
Ensuite, prenant son lourd trousseau de clefs, il le plaça sur la
table devant le crucifix.

Le bailli s'avança alors et dit en saluant les chanoines d'une profonde révérence :

— Messires, Dieu vous mande les lumières de l'Esprit-Saint, vous donne de faire bonne élection; vous êtes les maîtres de céans. Allez où il vous plaira.

Rollin, à ces mots qui étaient un ordre, montra à son côté l'énorme pied de cerf auquel pendait une clef unique, celle de la porte extérieure, et ajouta :

— Voici ce que j'ai de clefs.

Le bailli et le geôlier quittèrent en même temps alors la prison, fermant seulement la grande porte, et se tinrent prêts à la rouvrir dès que les chanoines auraient terminé leur traditionnelle mission.

Quand les prêtres se trouvèrent seuls, ils se mirent à genoux et prièrent quelque temps à voix basse; puis messire Rupert de Nouveil prit le trousseau de clefs et le remit aux chapelains.

— Allez, leur dit-il, ouvrez toutes les portes, et amenez successivement ici les criminels, en ayant soin qu'ils ne se puissent voir ni entendre.

Les chapelains quittèrent la salle, et, le messager les précédant, muni d'une lanterne, ils commencèrent à descendre les escaliers de la prison.

Dans le premier cachot ouvert par le geôlier se trouvait un malheureux demi mort, étendu sur une paille à demi pourrie. Une fièvre terrible agitait ses membres. Ses yeux tournaient dans une orbite creuse, ses lèvres remuaient, et les claquements de ses dents aiguës avaient quelque chose de sinistre. Il semblait avoir perdu la notion du temps et la compréhension de ce qui se passait ; par instants, on pouvait se demander si la folie n'avait point éteint en partie la clarté de l'esprit dans ce cerveau débile.

En voyant apparaître les chapelains entourés du reflet de la lumière, il rampa sur le sol et poussa un cri de joie.

— De l'air ! de l'air ! dit-il, de l'air et du soleil !

— Venez, répondit l'un des prêtres avec douceur.

Le malheureux ne pouvait se soutenir; les chapelains furent obligés de le prendre par les aisselles, et de lui aider à se traîner le long du corridor. Quand la lumière du jour frappa le malheureux, saisi d'un étourdissement, il s'appuya contre la muraille et demeura immobile.

Enfin, pénétrant dans la salle, dont les détails lui échappèrent tout d'abord, il tomba sur les genoux en face du crucifix, et, frappant sa poitrine, il commença le récit du crime qui l'avait conduit dans la prison du bailliage. Le misérable, lié avec des hommes fabriquant de la fausse monnaie, s'était chargé de la changer contre des marchandises; pris en flagrant délit, il savait quel horrible supplice l'attendait:

— J'ai peur, disait-il, j'ai peur... la chaudière d'eau bouillante... Mes pauvres membres dévorés ainsi... Non! non! c'est horrible! Sauvez-moi de ce supplice... Je ne tarderai pas à mourir... qu'on me laisse le temps de faire pénitence... Si je subissais de pareilles tortures, je renierais Dieu dans l'excès de mes tourments... Vous ne voulez pas que mon âme soit perdue... Songez donc, une âme rachetée par le sang du Sauveur! je n'ai pas assassiné, moi! j'ai été faible... Remettre une pièce de plomb à la place d'une pièce d'or... c'est un vol, oui, je l'avoue, c'est un vol... Mais cette monnaie, je ne l'ai point fabriquée... je tremble de fièvre et d'effroi! La vie! laissez-moi la vie!

La confession et les aveux du faux monnayeur furent écrits sur un registre disposé à cet effet; puis, après avoir réconforté le malheureux, on le reconduisit dans son cachot.

Le second criminel qui fut introduit gardait à ses mains énormes le sang de sa femme assassinée dans un accès de jalousie. Il essaya de rejeter tous les torts sur la victime dont il souilla la mémoire. Il tenait à la vie, et le prouvait par l'emportement de ses paroles; mais il ne témoignait aucun regret de son crime. En demandant ou plutôt en réclamant le bénéfice de la *fierte*, il insultait l'infortunée assommée par lui à coups de marteau. Il inspirait peu d'intérêt, et, sans lui laisser d'espérance, les chapelains le reconduisirent dans la cellule d'où le prendrait le bourreau pour le conduire au gibet.

Un tout jeune homme comparut ensuite devant les chanoines. C'était un incendiaire; fils de vagabond, élevé sur les grandes routes, privé des notions du bien, accoutumé à voir ses compagnons vivre de rapines, il les avait inconsciemment imités. En lui, la conscience dormait en admettant même qu'elle eût existé jamais!

La petite troupe dont il faisait partie se vit un soir refuser l'hospitalité dans une ferme, et, par vengeance, ses camarades y mirent le feu. On l'arrêta avec eux. Il soutint n'avoir pas pris part à l'incendie ; mais il convint d'une longue suite de méfaits et de rapines. Depuis qu'il se trouvait en prison, les visites d'un vieux prêtre portaient leurs fruits, son âme s'éveillait ; il comprenait et regrettait les désordres de sa jeunesse, et, tandis qu'il les avouait en pleurant, on se sentait pris d'une grande pitié pour ce malheureux, qui comptait vingt ans à peine.

L'un après l'autre, comparurent devant les chanoines des mires patibulaires, moitié sorciers, moitié médecins, faisant secrètement métier d'empoisonneurs, des larrons, des assassins. Tous, après avoir ravi l'existence de leurs semblables, imploraient leur grâce avec une ardeur prouvant le prix qu'ils attachaient à la vie. Quelques-uns trouvèrent des mouvements d'une farouche éloquence, et plus d'une fois Fulgence essuya les larmes roulant sur ses joues.

Son âme restait en proie à un sentiment confus d'horreur et de pitié. Si les crimes dont il entendait le récit lui causaient une épouvante dont il n'était pas maître, rappelé soudain, par la charité, à une compassion d'autant plus grande que le criminel s'était plongé dans d'abominables forfaits, il songeait à la grandeur de l'Église, qui d'un mot peut laver cette âme par la puissance des sacrements, en appliquant la Passion divine aux coupables ; son âme de prêtre frémissait en lui, à la pensée de rendre au bercail des fidèles cette brebis perdue, et de causer au ciel l'ineffable joie de la conversion d'un pécheur proclamée par le Maître dans son sublime Évangile. Tour à tour son indulgence embrassait chacun des criminels. Il eût voulu non pas en choisir un, mais ouvrir toutes grandes les portes des prisons, et rendre au monde ceux que leurs crimes mettaient hors la loi, et qui, du fond de leurs cachots, avaient pour perspective le gibet, le bûcher, la chaudière ou la roue...

Cette année-là, plus que les années précédentes, les captifs rentrèrent dans leurs cellules l'esprit allégé, le cœur rempli d'espérance ; le regard du jeune chanoine, en se reposant sur eux baigné de mansuétude et de pitié infinie, les avait ranimés et réconfortés.

Depuis plus de trois heures, Fulgence et messire Rupert de Nouveil écoutaient de sinistres aveux, des supplications ardentes, quand les chapelains terminèrent leur visite dans les cachots du bailliage en arrachant de sa cellule le dernier de tous, Donat. Ses complices interrogés, et Jacquet à leur tête, avaient répondu avec la forfanterie de misérables ne comptant plus sur l'indulgence des hommes, n'implorant point le pardon de Dieu ; après avoir vécu en truands, ils voulaient mourir avec ostentation en renégats impénitents.

L'attitude de Donat, loin de ressembler à celle des autres prisonniers, restait morne. Une pâleur sinistre couvrait son visage amaigri et ravagé ; ses paupières rougies attestaient qu'il avait pleuré. Quand il parut devant les chanoines, son premier mouvement fut de reculer de deux pas et de secouer la tête avec découragement.

— A quoi bon ? murmura-t-il.

— Mon frère, dit Fulgence, ne craignez rien : Nous accomplissons dans les prisons une mission d'indulgence ; vous ne devez attendre que la compassion et la miséricorde... Nous vous demandons de parler non pas comme devant des juges humains, mais comme vous le feriez au tribunal de la pénitence... Nul ne se souviendra de vos aveux, et, gracié ou condamné, vous resterez assuré de notre silence.

— Je ne tiens pas à vivre, reprit Donat.

— La vie vient de Dieu, cependant...

— Dieu me condamne sans doute !

— Il peut vous pardonner aussi.

— Je n'ose l'espérer.

— Espérez pour votre femme, au moins !...

— Elle doit me mépriser !

— Pour votre enfant ?

— Je l'ai déshonoré !

— Vous le savez, Donat, reprit Fulgence, quand la grâce de la fierte est accordée à un criminel, on lui rend l'innocence avec sa liberté ! Nul n'oserait plus tard lui témoigner de mépris. Il est le libéré de Dieu. On voit en lui l'élu de l'Église... N'avez-vous donc aucun repentir de vos crimes ?

— Mes crimes ! dit Donat. Ah ! Messires, leur souvenir me dévore sans trêve depuis que je suis plongé dans la solitude de la nuit... J'ai commis les derniers pour effacer la pensée du premier... Je ne veux pas mentir, non, je ne le veux pas, car je ne tiens plus à l'existence, s'il me faut continuer à porter le fardeau de mes remords... Pendant trois ans, trois ans, comprenez-vous le martyre de cette hallucination ? j'ai revu dans mes songes la face de l'homme que j'assassinai !

Donat releva la tête, non pas avec l'audace du coupable endurci qui se fait presque une gloire de ses crimes, car un pli douloureux creusait son front, mais comme s'il voulait mieux juger de l'impression que produirait sa confession sur les chanoines.

Il commença :

— Laissez-moi parler comme les mots me viendront aux lèvres, vous verrez après si vous pouvez me conserver un peu de pitié... J'ai grandi au hasard, courant les bois, braconnant, mendiant, aimant par dessus tout la liberté, le grand air, le soleil ; de vagabond, je devais devenir routier... Un brave homme me recueillit, afin de m'empêcher d'être jeté en prison, et, après m'avoir démontré paternellement où pouvait me conduire ma paresse, il m'offrit de m'apprendre son état de taillandier. J'acceptai la proposition, le cachot m'effrayant encore plus que le travail. Mais il m'arriva souvent de quitter l'atelier pour les bois, de dépenser à la taverne le profit de mon labeur, et de redevenir, pour une semaine ou deux, le mécréant sauvé par le vieux Malouche.

Il ne fut pas seul à souhaiter ma conversion : sa fille Huguette, une délicieuse créature, belle comme une vierge de missel, me témoignait une bonté indulgente et tendre ; je l'épousai, je lui promis de changer de vie, et son père mourut en pensant qu'elle serait heureuse... Mais ce que l'apprenti n'avait pu se résoudre à faire, le maître le fit encore moins...

Je ne restai pas longtemps au logis... le travail me devint insupportable... Je vendis la maison et la marchandise, j'amenai ma femme dans une cabane située sur la lisière d'un bois, et je recommençai à braconner.

Une nuit, je pris Huguette et l'enfant, et nous quittâmes la hutte ; j'avais fait un malheur...

Nous marchâmes sans prendre presque aucun repos pendant quatre jours et quatre nuits, et nous arrivâmes enfin rompus de fatigue sur la côte Sainte-Catherine... Jacquet, le Routier du diable, propriétaire de la Maison du Sabbat, m'en avait confié les clefs et abandonné la jouissance... J'étais en ce moment comme fou d'épouvante et de remords...

Huguette tenta de me calmer, de me ramener dans la bonne voie ; j'essayai d'y rentrer, par amour pour l'enfant... Dizier ! j'avais mis en lui tout mon espoir... Il ne savait rien de mon crime, il m'aimait, il me caressait, il me suffisait de le voir rire pour me sentir content...

Une nuit, ce fut une nuit de malheur! Jacquet vint à sa maison, me montra le caveau secret qu'il avait pratiqué dans un pan obscur de la muraille, et me dit :

— Si dans dix ans, à pareil jour, je ne suis pas revenu prendre possession de ce que j'ai déposé ici, tu peux le considérer comme mon légitime légataire, ce qui est ici t'appartient.

Je lui racontai ma vie, il me railla, et en partant il me laissa le nom de Gosier-d'Or et le mot de passe des habitués de la *Pinte couronnée*...

J'y allai d'abord, comme tout le monde, pour boire, afin d'oublier le fantôme sanglant qui revenait troubler toutes mes nuits... Ensuite, insensiblement entraîné par la contagion, je me mêlai à la bande des routiers, pillant les maisons, rançonnant les voyageurs, faisant partout œuvre de mécréant... Cependant je ne tuais pas, non, je le jure ! Le sang me faisait horreur !...

Il est encore une chose que je n'ai pas faite : j'ai respecté les églises... pas un des vases sacrés que vous avez trouvés dans le caveau de la Maison du Sabbat n'a été pris par moi... Je suis un voleur, un meurtrier, non point un sacrilège... J'ai tenté d'enlever monseigneur le duc de Normandie au profit de son oncle le duc de Bretagne ; mais je n'ai pas même eu besoin de tirer mon couteau de sa gaîne...

Donat s'arrêta un moment, passa la main sur son front allumé d'une fièvre intense; puis, courbant le front devant une vision d'innocence, il dit d'une voix singulièrement adoucie :

— Dizier! oh! si je revoyais Dizier!... Je l'aimais cependant! J'aurais dû comprendre que pour le lui prouver il fallait vivre honnête et respecté... J'ai mal chéri mon enfant, mais je l'aimais... Je dépouillais les riches afin de lui faire une fortune... Il n'aurait jamais su comment je l'avais gagnée; mais il eût été libre de vivre à sa guise, de devenir maître verrier, d'avoir de beaux habits et d'exister joyeux sous le ciel, tandis que moi... Oh! je l'ai mal aimé, mon Dizier, je le comprends aujourd'hui... Et, pourtant, je comptais un jour le prendre, l'emporter, lui remettre sa fortune en lingots d'or et d'argent, et lui demander : « Où veux-tu que nous allions? Le monde est à toi. »

— Vous oubliez donc Huguette? votre femme, une sainte! demanda Fulgence.

— Huguette savait le crime... ou, tout au moins, l'avait deviné. Mon fils l'ignorait...

— Et vous auriez abusé du dévouement héroïque de cette femme pour lui causer la plus amère des douleurs!... Ne chérissait-elle pas, elle aussi, cet enfant élevé dans la piété, dans le respect de la famille? Elle voulait qu'il vous aimât et vous attendiez le moment de lui briser le cœur... Elle avait trouvé le moyen de faire apprendre à Dizier la lecture, l'écriture, l'enluminure, toutes sciences qui le mettaient à même de gagner honorablement sa vie, et vous ne songiez, vous, qu'à le faire profiter de vos rapines... Tandis que son dévouement lui créait une situation enviable, vous pensiez misérablement à déshonorer sa jeunesse... C'était mal, bien mal, répéta Fulgence.

— Je vous l'ai dit, Huguette connaissait le crime; ses regards, ses paroles, son silence même me le rappelaient...

Messire Rupert de Nouveil reprit :

— Nous connaissons une partie de votre vie; achevez cette confession.

— Oui, répondit Donat en baissant la tête.

— Ce meurtre eut-il le vol pour mobile?

— Vous le savez, je braconnais... les gardes du bois me traquaient...
plus d'une fois ils me prirent, et le seigneur me menaça de me faire
châtier si je continuais à tuer son gibier... J'eus peur... Mais, en
même temps, je résolus de me venger de cette menace... Je ren-
contrai le comte un soir dans la forêt, et, me ruant sur lui, je le
tuai d'un coup de couteau...

Fulgence tressaillit.

Messire Rupert poursuivit :

— Il était seul ?

— Non... un page l'accompagnait... et je tuai aussi l'enfant...

Les yeux de Donat s'agrandirent comme s'il voyait devant lui les
cadavres de ses deux victimes.

Fulgence se pencha en avant, les mains ouvertes, les prunelles
fixes, et, d'une voix étranglée, il demanda :

— Le nom, le nom de l'homme assassiné ?

— Il s'appelait le comte Gervais de Châteauneuf !

Fulgence se leva tout droit ; la pâleur de son front était devenue
de la lividité ! ses lèvres s'agitaient sans proférer aucun son ; il
étendit les bras en avant et parut repousser Donat avec un geste
d'horreur ; puis, tombant à genoux et enlaçant de ses doigts cris-
pés le crucifix d'argent, il colla ses lèvres sur les pieds du Sauveur,
et resta sanglotant, anéanti.

Donat regardait attentivement le jeune chanoine et semblait
chercher dans sa mémoire un souvenir qui le fuyait... Un frémissement parcourut son corps : tout à coup, le visage du jeune prêtre
lui rappelait celui de madame de Châteauneuf, morte si peu de
temps après son époux... Alors une crainte terrible s'empara de
l'âme du misérable.

— Si Dieu met aujourd'hui ma vie dans les mains du fils de ma
victime, dit-il, je suis perdu !

Et le faible espoir qui, un moment, traversa son âme, tandis que
Fulgence le questionnait avec bonté, fit place à un découragement
absolu.

— Je ne reverrai plus Dizier, pensa-t-il, je ne le reverrai plus
jamais, jamais !

Le vieux chanoine et les chapelains respectaient la prière de

Fulgence ; celui-ci continuait à sangloter ; et c'était grande pitié de voir une semblable douleur secouer ce corps frêle. Peu à peu, l'excès de cette douleur se calma, le jeune homme se releva, et, les mains jointes, les yeux clos comme s'il redoutait de voir devant lui une apparition sinistre, il dit d'une voix dont les cordes paraissaient brisées :

— Que le repentir vous visite, mon frère...

Puis il ajouta, en se tournant vers les chapelains :

— Reconduisez Donat dans son cachot...

Une dernière fois, le misérable enveloppa le jeune prêtre d'un long regard et, pénétré d'une profonde épouvante, il quitta la salle en répétant :

— C'est lui ! c'est lui ! le châtiment tombera de la main du fils vengeur.

Un instant après, les chapelains, qui s'étaient retirés, revinrent, et le messager, qui durant les interrogatoires s'était tenu respectueusement à l'écart, donna le signal qui devait rappeler dans la prison le bailli et le geôlier.

Le tabellion ferma le registre sur lequel il venait de transcrire es confessions des prisonniers ; messire Rupert de Nouveil remit au geôlier un écu de soixante sols, lui rendit les clefs des cachots, puis les quatre prêtres et le messager quittèrent en silence la prison du bailliage.

Le messager se fit ouvrir une autre prison. (*Voir page* 167.)

XIV

LA LUTTE CONTRE L'ANGE

Fulgence est seul dans sa chambre. Il a passé dans le couloir de

la maison de messire Le Bouteiller sans reconnaître Ogive qui attendait sa venue avec grande impatience, sans entendre la voix de Marianne qui le saluait avec un officieux respect. A peine s'est-il trouvé dans la cellule témoin de tant d'heures bénies consacrées à la méditation, d'heures douloureuses sacrifiées aux sublimes immolations de la pénitence, qu'il s'est non pas agenouillé, mais étendu sur le sol, les bras en croix, la face contre la pierre, brisé, anéanti, si profondément écrasé par la douleur et l'effroi, qu'il voudrait mourir à cette place.

Il ne pense plus, il ne prie pas encore; le cœur bouleversé, saignant, étale sa plaie; la poitrine se soulève dans des spasmes étouffants; ce n'est pas la mort, mais l'agonie commence... cette agonie morale qui mouille les tempes d'une froide sueur, suspend la vie et ne laisse d'autre sensation que celle d'une souffrance interne, coulant dans tout notre être pour causer une douleur nouvelle à chacun de nos membres, crispant nos nerfs, doublant l'acuité de nos sens, et ne laissant subsister en nous d'autre sentiment que celui de la torture.

L'instinct, ce divin instinct de l'amour survivant à toutes les commotions, à toutes les angoisses, a poussé Fulgence au pied de la croix... Se rapprocher du Sauveur est une consolation, même à l'heure où l'on ne veut pas être consolé.

En ce moment, Fulgence souffrait trop pour ne pas vouloir s'abîmer dans sa douleur.

Messire Aloys Le Bouteiller, ne voyant pas descendre le jeune homme, monta et frappa doucement à la porte de sa chambre; mais le prêtre n'entendit pas, une sorte d'évanouissement succédait aux déchirements de son âme. Quand il revint à lui, la nuit était descendue, et un grand rayon de lune, coupant obliquement sa cellule, noyait dans une clarté douce l'angle de la chambre dans lequel il se trouvait, tandis que l'autre partie demeurait obscure.

Il fallut quelques minutes à Fulgence pour ressaisir sa pensée; elle lui échappait au milieu d'un vide étrange, le laissant inerte et brisé.

Enfin il se souvint de la visite à la prison du bailliage, et s'écria:
— L'assassin de mon père! J'ai vu l'assassin de mon père!

La pensée du misérable qui l'avait fait doublement orphelin avait été, nous le savons, la tentation persistante du jeune chanoine. Ses prières, ses macérations n'avaient point encore suffi à éteindre le souvenir du meurtrier; sa charité devait faire un effort surhumain pour qu'il ne demandât point à Dieu de châtier celui qui l'avait privé d'un père vénéré et d'une mère adorée. La tendresse filiale criait toujours au fond de son cœur blessé. Il semblait que Dieu, pour enlever à Fulgence toute tentation d'orgueil, voulût lui laisser à l'âme cette plaie mal cicatrisée...

Il venait de voir cet homme dont son imagination essaya tant de fois de se représenter le visage; il venait d'entendre l'assassin du sire de Châteauneuf parler de son fils, supplier de n'en point faire un orphelin... Dieu était juste! Dieu châtiait ce misérable. Arrêté pour un vol sacrilège qu'il n'avait pas commis, le meurtrier allait rendre compte à la justice de l'assassinat du comte de Châteauneuf.

La Providence, qui conduit toutes choses, donnait à Fulgence la satisfaction de voir venger son père et la longue agonie de sa mère.

Le jeune chanoine se dressa sur ses genoux :

— Oui, dit-il, Dieu fait bien ce qu'il fait, l'assassin va payer sa dette... Je ne serai plus troublé par la pensée de son impunité... Je cesserai de m'indigner contre la justice humaine qui n'a pas saisi et châtié le meurtrier... Mon père sera vengé, vengé! car son sang crie, il a toujours crié à mes oreilles et dans mon cœur...

Le jeune prêtre saisit son front à deux mains; on eût dit qu'il voulait étouffer sa pensée et comprimer dans son cerveau une terrible idée :

— Qu'ai-je dit, qu'ai-je osé dire? Je parle de vengeance, moi! Ce n'est pas, ce n'est pas, mon Dieu!... La tentation m'environne et m'étreint... Vous êtes le maître... Je ne demande rien, je ne veux rien... Cet homme est un misérable, vous le châtiez, c'est bien...

Il sembla alors à Fulgence qu'une voix perceptible pour lui seul murmurait à son oreille :

— Oui, cet homme est un criminel, un assassin, son châtiment

est juste; mais tu n'as pas le droit de t'en réjouir... La charité te
défend d'éprouver une joie qui deviendrait coupable... Souviens-
toi que Jésus a pardonné à ses bourreaux...

— Jésus était Dieu... murmura Fulgence.

Mais le jeune chanoine n'était plus le maître d'entendre la voix
mystérieuse; il ne pouvait repousser l'ange descendant vers lui,
cet ange, lutteur éternel, qui nous presse et combat contre nous;
cet envoyé d'en haut qui vient mesurer la force de l'homme, et
remonte vers le ciel plein d'une céleste joie, quand l'homme est
demeuré ployé sous son genou divin.

Fulgence sentit la présence de cet ange, il en frissonna d'angoisse; ne se sentant point assez fort pour lutter, il s'épouvantait du
combat. Mais il ne pouvait plus éloigner le céleste adversaire; les
bras de l'ange le pressaient déjà; il sentit le vent de ses grandes ailes,
et les frémissements de sa chevelure d'or lui caressaient le visage.

— Fulgence! disait la voix de l'ange, tu n'as pas le droit de te
réjouir : ce n'est point une joie qui t'arrive, mais une épreuve que
Dieu t'envoie... Selon que tu en sortiras triomphant ou vaincu, tu
devras attendre les prédilections du maître ou le déchirement qui
suivra la pensée de l'avoir perdu... Que te serviront tes prières, la
vie chaste, les pénitences, si tu manques de la force du pardon?
Oseras-tu, demain, t'approcher de l'autel avant d'avoir oublié la
faute de ton frère et de la lui avoir remise ?... Pourras-tu seulement regarder le crucifix couronné d'épines, si tu n'as pas dans ton
âme la charité du Sauveur?... Tu ne te réjouis pas, à cette heure, de
voir emprisonner un malfaiteur dangereux, mais bien le meurtrier
de ton père...

— Est-ce ma faute s'il est arrêté? pensa Fulgence.

— Non, poursuivit l'ange; mais examine ta conscience et vois si
cela suffit devant Dieu...

Fulgence eût voulu ne plus regarder, ne plus entendre; il fermait les oreilles et les yeux, il se repliait sur lui-même; il aurait
souhaité s'anéantir; cette lutte le trouvait sans force, brisé, mourant; il demandait grâce; mais l'ange le pressait davantage, et le
jeune homme, brisé par l'étreinte divine, retrouvait à peine sa
pensée vacillante.

— Seigneur! murmura-t-il, donnez-moi le courage de pardonner!

Ce fut le premier effort de cette grande âme; elle en fut récompensée par cette parole :

— Ce que tu voudras, tu le pourras... Le pardon ne doit pas seulement tomber de tes lèvres, il doit jaillir de tes entrailles... Ce Donat a versé le sang, tu dois épargner le sien... Ta mère est morte de douleur, sauve Huguette, l'humble martyre... Ton adolescence s'est passée dans les larmes, au souvenir d'un père adoré... Ne fais pas de Dizier un orphelin!

— Suis-je son juge? murmura Fulgence.

— Tu es plus que son juge, à cette heure, Fulgence... Souviens-toi que tu as imploré la faveur d'exercer dans les prisons le ministère de la miséricorde... C'est sur ta demande qu'Aloys a pressé ses amis de te nommer parmi ceux qui descendraient, anges visibles, dans les limbes creusés par les hommes. Sans doute, l'esprit divin te conduisait... Il plaisait au Seigneur de récompenser la ferveur de ta jeunesse, la pureté de ta vie... Ce que tu appelles une tentation surhumaine est seulement la preuve manifeste de l'amour du Seigneur pour toi. Tu demandais des prisonniers à consoler, tu voulais un condamné à rendre à la vie... Les cachots sont ouverts... Il est un homme à qui l'on doit arracher tout ce qu'il aime en ce monde, jusqu'à l'air qu'il respire... Tu as le pouvoir de lui rendre sa famille, de faire ce que fit Dieu pour lui, de lui donner la vie... Cet homme est déjà mort, et la société ne le compte plus; un mot de toi le ressuscitera...

— Oui, oui, pensa Fulgence, c'est un grand, un sublime privilège; je l'exercerai avec joie, suivant la justice...

— Tu l'exerceras suivant la charité! fit l'ange en pressant Fulgence avec une force nouvelle... Ne cherche pas à m'échapper... Celui que tu dois sauver s'appelle...

— Non! non! s'écria le jeune homme, c'est impossible... je ne veux pas... je ne peux pas...

Ses deux mains se cramponnèrent à la croix, il resta immobile.

La voix angélique se taisait, Fulgence se retrouvait seul.

Mais le mot du Visiteur céleste était entré dans son sein comme un fer rouge; ce nom n'en devait plus sortir...

Donat! voilà l'homme, le criminel en face de qui Dieu le plaçait afin de mesurer d'un seul coup ce qu'il possédait d'amour pour le Maître, de miséricorde pour les pécheurs... Fulgence, se trouvant subitement en face du meurtrier de son père, ne l'aurait sans doute pas mis entre les mains de la justice... Mais Donat s'y trouvait : Fulgence ne se vengeait donc pas...

Il devait déclarer *fiertable* celui des condamnés qui lui semblerait le plus digne de cette faveur; mais rien ne l'obligeait à la faire retomber sur le braconnier pillard, le misérable assassin. Dans sa justice même, le Seigneur ne lui imputerait pas à crime d'avoir fait tomber son choix sur un autre prisonnier... D'ailleurs, il n'était pas seul à juger cette cause... Rien ne prouvait que ses amis ne seraient point d'une opinion opposée...

Fulgence tortura sa conscience pour lui arracher une fausse approbation ; mais il ne la reçut point; il ne cessait de voir devant lui le visage de Donat, que pour distinguer dans le lointain la pâle figure d'Huguette environnée de son capuchon de pèlerine, le visage d'ange de Dizier penché sur les enluminures d'un missel.

Tout à coup, un souvenir traversa l'esprit de Fulgence.

— Je ne puis point pardonner, dit-il ; ma mère m'a commandé la vengeance!

Mais, en même temps, il se souvint de son dernier regard, de sa suprême parole; le prétexte qu'il cherchait pour désobéir à Dieu et à son messager céleste lui manquait... Et, d'ailleurs, sa mère fût-elle morte sans avoir pardonné, ne devait-il pas, en fils pieux, lui appliquer les mérites de sa propre indulgence?...

Mais il ne se rendait pas encore, il se débattait, criant et pleurant, étouffant des larmes et jetant vers Dieu les appels désespérés des psaumes de David.

Tandis qu'il souffrait de la sorte, messire Aloys Le Bouteiller et sa sœur Ogive gardaient un pénible silence.

Celle-ci, courbée sur un bahut, examinait minutieusement des batistes d'une blancheur de neige, des broderies à jour exécutées sur les fils comptés de la toile, et les fleurs artificielles faites en parchemin et dont les guirlandes devaient servir de décoration à l'autel.

— Peut-être, dit doucement Ogive à son frère, les émotions de la journée ont-elles été au-dessus des forces de votre ami ; sans nul doute il souffre cruellement ; qui sait s'il ne vous accuse point d'indifférence ?

— Non, ma sœur, ne vous inquiétez point de ces choses. Fulgence ne peut penser de la sorte, il connaît mon cœur paternel... Je crois deviner ce qui s'est passé en partie... L'intervention d'un homme, si affectueux, si doux qu'il fût, troublerait à cette heure l'œuvre de Dieu... Tandis que Jésus souffrait son agonie au jardin des Oliviers, Dieu permit que les disciples tombassent dans un lourd sommeil... Le Fils de l'homme devait souffrir seul et n'être consolé que par les anges... Chère Ogive, Dieu sait combien je compatis à cette immense douleur ; bientôt j'irai chez ce cher enfant, je tenterai de lui rendre le courage... A cette heure, il n'a besoin de personne : Dieu est là...

Ogive, sans insister davantage, reprit son travail et le chanoine se mit à feuilleter le manuscrit peint avec tant de soin par les scribes de sa sœur.

Celle-ci connaissait trop bien la méthode spirituelle de son frère pour y trouver quelque chose à reprendre : elle savait qu'au moment nécessaire l'âme angoissée de Fulgence trouverait sûrement dans le cœur de messire Le Bouteiller tous les secours réclamés par sa détresse.

Il rentrait, en effet, dans le système du chanoine d'abandonner pour un temps la nature humaine aux épreuves qui trempent le caractère et doublent le prix de la victoire. Fulgence allait maintenant descendre au fond de sa conscience, comme autrefois les confesseurs au milieu de l'arène redoutable. L'athlète, simplement revêtu du bouclier de la Foi, devait faire face au danger et mériter la palme immortelle. Le chemin du ciel est ainsi couvert de ronces et d'épines. Les Hébreux ne durent-ils point, autrefois, traverser le désert avant d'entrer dans la terre promise ? Le digne prêtre abandonnait donc son fils d'élection dans la solitude du cœur et de l'esprit, priant seulement pour qu'il reçût au milieu de l'épreuve les forces nécessaires pour triompher dans ce combat. Ainsi l'Eternel livra à lui-même au Jardin des Oliviers son Divin Fils, frappant d'un sommeil invincible ses disciples, afin que le Christ demeurât seul avec lui-même devant le calice qu'il devait boire jusqu'à la dernière goutte.

Oint du Seigneur, nouveau Christ à son tour, Fulgence était donc à son Gethsémani, Messire Le Bouteiller ne jugeait pas devoir éloigner de ses lèvres la coupe du sacrifice. Il le voulait fort et victorieux ; peu lui importait que la bataille fût rude, s'il en sortait triomphant ! La paix n'est-elle pas toujours nécessairement le prix du combat ?

Cependant, lorsqu'il eut jugé que la lutte avait été suffisante et que l'heure d'une trève était venue le chanoine prit un flambeau et monta chez Fulgence. Quelques instant plus tard il était sur le seuil de la chambre du jeune prêtre.

Il ne frappa point à la porte de son collègue ; il entra familièrement sans bruit, posa la lumière sur la haute cheminée, et, venant s'agenouiller près du jeune prêtre encore en prière, il commença d'une voix lente :

— *De profundis clamavi ad te, Domine...*

Fulgence leva la tête, reconnut le vieillard et se jeta éperdument dans ses bras.

Un moment après, le jeune chanoine achevait avec son vieil ami la prière du soir.

Le vieillard devina que Fulgence voulait lui confier son secret ; mais il ne le lui permit pas.

— Mon fils, lui dit-il, Dieu est un maître jaloux ; il suffit à notre force, à notre joie, à notre consolation.

Mais, s'il refusa d'entendre l'aveu du fils de son âme, il resta près de lui jusqu'à une heure avancée, lui parlant avec une véritable éloquence de la sainteté des sacrifices, de la grandeur du triomphe que nous emportons sur nous-même, quand nous brisons notre cœur pour l'offrir en holocauste...

Voyez les cénobites des premiers siècles, disait-il. Ces hommes, las du bruit du monde, horrifiés de ses crimes, dégoûtés de ses fausses joies, se refugièrent dans la solitude pour éprouver leurs propres forces et se vaincre soi-même. Ils ne craignaient point l'abandon ni la nuit, car Dieu leur était toujours présent et ils avaient au-dedans d'eux-mêmes la lumière de la Foi. Ils ne redoutaient pas l'esseulement du désert : Celui qu'ils aimaient par-dessus toute chose ne quittait jamais leur pensée.

Ils allaient devant eux poussés par une force irrésistible, ne demandant que des épreuves pour les terrasser. Une robe de bure suffisait pour leur vêtement. Ils cachaient dans leur poitrine une copie des Évangiles ; un bâton à la main, une hache sur l'épaule, ils s'enfonçaient dans les profondeurs de la Thébaïde. Si quelque caverne sombre ne s'ouvrait pas devant eux, ils abattaient des troncs d'arbres, les équarrissaient grossièrement, formaient une cabane au toit aplati, arrachaient quelques poignées de mousse, liaient ensemble deux branches d'arbre et trouvaient leur cœur rempli, leur âme satisfaite, de l'heure où ils possédaient l'abri et l'autel.

De longues années se passaient quelquefois pour eux sans le moindre commerce avec leurs semblables. Afin de pourvoir à leur subsistance, ils semaient quelques poignées de blé dans une éclaircie de la forêt et cuisaient leur pain sous la cendre. Leur voix s'élevait le jour et la nuit dans la solitude et si, dans leurs promenades, ils rencontraient devant eux quelque vestige de la malice des hommes ils l'arrachaient comme la ronce du chemin.

Ces hommes avaient eu un passé de gloire dû à la fortune, aux armes, à la puissance familiale ; ils connaissaient ce que valaient ces chimères et, pris soudainement du mépris des joies matérielles, ils s'étaient enfuis vers le désert afin d'y poursuivre la recherche exclusive de la vie éternelle. Ils sortaient avec hâte, avec joie d'un monde décrépit, ravagé, gangrené, pour se jeter dans le royaume de Dieu. Faisons donc comme eux, mon enfant, sortons de nous-mêmes ; fuyons le monde de pensées amères qui nous obsèdent et nous meurtrissent ; traversons hardiment, la hache au poing, parmi les buissons épineux qui embarrassent nos âmes de ressentiments trop humains. Vivons dans la Thébaïde de l'esprit, loin de tout souvenir du passé, oublieux de tout ce qui a pu faire gémir notre cœur, saigner notre être débile. Soyons un homme nouveau ; soyons chrétien !

Les deux prêtres se séparèrent après une dernière étreinte, et Fulgence essaya, sans y parvenir, de trouver un peu de repos sur sa couche brûlante.

La cloche du premier angélus tintait à peine quand messire Aloys Le Bouteiller se leva.

Il se rendit aussitôt dans la cellule de son disciple.

— Avez-vous bien reposé, mon enfant? C'est l'heure de votre messe, dit-il.

— Moi! mon Père! moi! s'écria Fulgence avec une sorte de terreur soudaine.

— Oui, vous, mon fils; ne trouvez-vous plus comme autrefois, mon cher Fulgence, la même joie dans l'exercice des devoirs et des droits du sacerdoce?

— Ce matin, mon Père, dit Fulgence, permettez-moi de vous servir de diacre, et demandez au Seigneur qu'il me donne la force dont j'ai besoin.

Quand le chanoine et Fulgence descendirent, Dizier se trouvait dans le couloir. Avec l'affectueuse familiarité qui lui était habituelle, il voulut se jeter dans les bras de Fulgence au moment où il passait.

Celui-ci étendit les mains en avant et détourna la tête avec un geste intraduisible.

— Mon Dieu! mon Dieu! s'écria Dizier en fondant en larmes, que vous ai-je fait, Messire Fulgence?

Celui-ci parut revenir d'un rêve, et il attira vivement l'enfant sur sa poitrine :

— Ah! c'est toi, Dizier!

— Oh! je suis bien heureux maintenant, fit l'enfant rassuré par l'étreinte de Fulgence, je croyais vous avoir offensé en quelque chose...

— Non, mon petit... j'avais l'esprit occupé.

— Ah! Vous avez du chagrin, peut-être?

— Oui, beaucoup de chagrin: Prie pour moi, mon enfant, dit-il, prie pour moi...

— Ma mère reviendra-t-elle bientôt de son pèlerinage? demanda l'enfant.

— Je ne sais pas! murmura le jeune homme embarrassé par les questions de Dizier.

— Obtiendra-t-elle le prodige qu'elle est allée demander aux vierges miraculeuses?...

— Je ne sais pas ! répéta Fulgence, je ne sais rien !

— Puisque Dieu est bon, miséricordieux ! dit l'enfant dans sa naïveté touchante...

— C'est vrai, dit le jeune chanoine, Dieu peut toutes les merveilles...

Il ajouta tout bas :

— Quelle torture !

— Messire Fulgence, dit l'enfant en baisant la main du jeune homme, je vais prier pour vous.

L'enfant le quitta en courant, tandis que le jeune prêtre demeurait en proie à une lutte terrible contre lui-même.

Immédiatement après l'office, la procession quitta comme la veille la cathédrale ; mais elle ne suivit point, cependant, les mêmes quartiers, afin de s'arrêter à de nouvelles églises ; les chanoines et les chapelains se séparèrent de la procession et envoyèrent à nouveau le messager du chapitre, comme la veille, se faire ouvrir une autre prison.

Les terribles émotions de la nuit se trahissaient sur le visage de Fulgence ; il se montra d'une grande douceur à l'égard des prisonniers, et laissa plus d'une fois couler ses larmes qu'il n'avait plus la force de contenir.

Le soir, il s'assit machinalement à la table du chanoine, émietta un peu de pain, trempa ses lèvres dans un verre d'eau et remonta dans sa chambre.

Le lendemain, qui était le dernier jour des Rogations, il dut subir les mêmes fatigues, les mêmes agonies. Ses jeûnes avaient été si rigoureux, il s'était identifié d'une façon si complète avec les douleurs dont il venait d'entendre le récit, que les chapelains et messire Rupert de Nouvcil, chargés avec lui de la mission de délivrance, se demandaient comment le jeune prêtre pouvait encore se soutenir. Une fièvre ardente brillait dans ses yeux meurtris de cernes profonds, ses membres brisés tremblaient, sa voix se mouillait de larmes intarrissables.

Il chancelait quand il gagna la maison de son protecteur, et, sans parler à celui-ci, sans demander à voir Ogive, Fulgence gravit l'escalier et entra dans sa chambre dont il verrouilla la porte.

Cette fois, il vint se placer en face du crucifix, comme s'il voulait lutter et se défendre.

Ce crucifix, dont les proportions atteignaient presque celles de la nature, produisait dans la cellule un foudroyant effet. Ce n'était plus une image réduite du Sauveur rendant moins sensible, par ses proportions, le souvenir de ses souffrances, mais une grande figure d'un réalisme émouvant, sculptée avec un talent plein de violence, et douée d'une expression de poignante douleur. Devant ce corps torturé, ce visage ruisselant de sang, coulant du front déchiré par les épines, des pieds, des mains percés par les clous, toute douleur semblait petite et misérable... Quand le Sauveur portait le fardeau des crimes du monde, la créature, si brisée qu'elle fût, n'avait plus qu'à se taire et à pleurer...

Fulgence noua résolument ses mains brûlantes aux mains percées de clous, il appuya son front contre le front du crucifix, et il resta de la sorte, à demi vivant, à demi mort, demandant au cœur percé qui lui servait d'appui le secret de son incommensurable miséricorde.

Cette fête faisait l'objet de toutes les conversations. (*Voir page* 170.)

XV
LE JOUR DU PRISONNIER

Un temps admirable favorisait cette fête sans pareille appelée, à

Rouen, « le jour du prisonnier », qui longtemps à l'avance faisait, chez les gens du peuple, l'objet de toutes les conversations. De toutes les routes arrivaient dans la cité les gentilshommes, les bourgeois, les paysans ; les dames en litière, les hommes à cheval, les artisans dans des charrettes d'un aspect pittoresque et primitif. Le Vexin et le pays de Caux accouraient à la fois ; le roi d'Yvetot n'eût jamais manqué de prendre place dans la procession. C'était un spectacle inouï, étalant à la fois les richesses mondaines et les pompes de l'Église. Tandis que les cloches s'éveillaient pour annoncer la fête sacrée, toutes les auberges de Rouen s'emplissaient de nouveaux venus. On achevait de tendre de tapisseries les rues et les places que devait traverser la procession ; des velums immenses formaient des ciels mouvants sous la brise, tamisant l'ardente lumière du soleil ; des croisées pendaient des tapis de velours à crépines d'or, et sur les ardoises glissantes des pignons, sur les toitures de bois ou de tuile, des enfants se tenaient en équilibre depuis l'aurore, tant était ardent leur désir de voir le héros de cette journée : le prisonnier.

Les rues, jonchées de feuillages, embaumaient et sur les croisées des maisons on gardait des corbeilles remplies de fleurs effeuillées, dont la pluie odorante devait pleuvoir sur les châsses des saints.

Ce mouvement général, cette foule, cette joie universelle, traduite souvent par des exclamations bruyantes, n'enlevait rien à l'idée complètement religieuse de la solennité. Pour toutes ces âmes en liesse, ce qui se passait avait lieu « à l'exaltation de Dieu et du glorieux confesseur monsieur saint Romain ». L'exubérance de vie et d'allégresse circulant dans la foule, s'échappant des groupes, n'avait jamais rien d'irréligieux, et il suffisait du signal d'un pieux office pour ramener le recueillement dans cette masse croyante dont l'enthousiasme n'excluait nullement la tendre piété.

Dès l'aube avait lieu, place de la Vieille-Tour, un « prêchement » fait par le curé de Saint-Martin-des-Rennelles, lequel n'aurait cédé à nul autre l'honneur de ce privilège.

Pendant ce temps, les chanoines commissaires retournaient une dernière fois dans les prisons, demandant aux criminels s'ils

n'avaient rien à ajouter à leurs aveux, accueillant les coupables qui
souvent venaient de très loin, durant la nuit, afin de supplier les
chanoines de leur accorder leur grâce au nom du saint patron de
Rouen.

Depuis trois jours, les captifs passaient par les phases successives
de l'angoisse ; rien ne devait faire prévoir à l'élu la faveur qui lui
serait accordée. Après des jours et des nuits d'insomnie et de
fièvre, les condamnés paraissaient demi morts devant les chanoines qui, après les avoir entendus, se rendaient dans la salle
capitulaire, où le chapitre les attendait.

L'archevêque occupait la place d'honneur, non point en qualité
de prélat, mais en raison du canonicat attaché à son titre, canonicat dont il avait pris possession le jour même de son sacre.

Quand le doyen se fut assuré que tous les membres du chapitre
étaient présents, l'huissier alla lentement ouvrir les doubles battants de la porte de la salle et demanda à haute voix :

— Nul ne veut parler à l'honorable compagnie ?

Alors une vingtaine de personnes, de tout âge, de tout rang, se
précipitèrent dans la salle capitulaire ; les uns tenaient en main des
placets recommandant tel ou tel condamné à la clémence du chapitre ; les princes, les rois ne dédaignaient point d'intercéder pour
certains criminels ; puis venaient des groupes d'amis, des parents
en larmes, des mères tendant des mains suppliantes et demandant
la grâce de leur enfant ; des fils innocents pleurant au nom de leur
père. Au milieu des sanglots, des phrases entrecoupées, une voix
dans laquelle vibraient toutes les douleurs humaines vint remuer
le cœur des chanoines et troubler Fulgence jusqu'au fond des entrailles.

Une femme portant la robe des pèlerines, mais dont la course
rapide avait renversé le capuchon sur les épaules, parut soudain
dans la salle, échevelée, demi morte, marquant les dalles de marbre
l'empreinte sanglante de ses pieds déchirés... Avant qu'elle se
fût avancée jusqu'aux sièges des membres du chapitre, Fulgence
l'avait devinée.

Un tressaillement subit l'agita des pieds à la tête : Huguette !
c'était Huguette...

Les mots manquaient à ses lèvres desséchées; elle pressa à deux mains sa poitrine haletante, étouffa dans un cri le nom de Donat; puis, chancelant sur ses pieds meurtris, elle tomba demi morte sur le pavé.

Rien ne saurait rendre l'effet de cette scène; les chanoines se levèrent de leurs sièges, l'archevêque quitta sa haute chaire, et les suppliants qui étaient venus s'en remettre à la merci de messires les chanoines se retirèrent à pas lents, tandis que l'on transportait Huguette hors de la salle du chapitre.

Quand le mouvement de compassion soulevé par cet épisode se fut apaisé, le doyen donna ordre de fermer les portes de l'église communiquant aux avenues de la salle capitulaire; puis le prélat, debout en sa chaire, promit, « en parole d'archevêque, de tenir tout secret, comme soubz le sceau de la confession ».

Fulgence prit alors le registre scellé dans lequel le tabellion avait transcrit les aveux des accusés, le remit dans les mains du doyen, et revint prendre sa place sur le banc transversal réservé aux commissaires.

Le président invita messire Rupert de Nouveil à rendre compte de ce qui s'était passé.

Les chanoines écoutèrent avec grande attention le récit des crimes dont les prisonniers s'étaient rendus coupables, puis la lecture des suppliques remises par leurs protecteurs. Ces prêtres se trouvaient, à cette heure, investis d'un droit sublime et redoutable : ils pouvaient arracher un homme au supplice, mais ils ne devaient en sauver qu'un seul...

Dans l'indécision qui leur poignait le cœur, ils tombèrent à genoux, et l'archevêque entonna le *Veni Creator*, dont l'assemblée redit avec lui les versets.

Vraiment, c'était un imposant spectacle de voir ces vieillards, blanchis dans les fatigues et les douleurs du sacerdoce, implorer l'Esprit de sagesse, de force et de conseil, avant de prononcer le nom qui sauverait une vie et peut-être une âme.

L'hymne terminée, les commissaires reprirent leurs places sur le banc qui leur était réservé, et le doyen les consulta tour à tour. L'un fit valoir le profond repentir d'un jeune homme; l'autre,

l'effroi du faux-monnayeur qui menaçait de mourir en reniant Dieu ;
chaque avis fut appuyé par des raisons puisées dans une charité
ardente, et déjà les chanoines se sentaient pencher vers la miséricorde en faveur du jeune homme, quand le chapitre accorda la parole à Fulgence.

Celui-ci se leva ; il était pâle comme un mort.

— Devant votre conscience, lui demanda le doyen, quel criminel
désignez-vous pour jouir du privilège de la *fierte* de saint Romain ?

Les yeux du jeune homme se fixèrent sur le crucifix, un sourire
céleste éclaira son beau visage, et il répondit d'une voix douce
comme la voix des messagers du ciel :

— Donat.

— A Dieu ne plaise, mon fils, répliqua l'archevêque, que je tente
d'influencer votre esprit... Mais cet homme n'a, jusqu'à ce moment,
obtenu aucun suffrage... C'est un hardi larron... un conspirateur
dangereux... un insigne meurtrier... L'oubliez-vous ?

Du Sauveur, dont ils regardaient l'image, les yeux de Fulgence
s'abaissèrent sur le prélat, auquel il répondit :

— Le comte Gervais de Châteauneuf, assassiné par Donat, était
mon vénéré, mon bien-aimé père...

Les mains de Fulgence se joignirent et de grosses larmes, qu'il
ne paraissait point sentir, roulèrent pressées sur ses joues.

Un silence d'admiration et de respect régnait dans la salle, et
l'on vit les doctes et saints vieillards incliner devant le jeune
homme leurs fronts vénérables.

Nul ne discuta ; tous voulaient, en sauvant le protégé de Fulgence, rendre un suprême hommage à l'admirable effort de sa charité.

Les trois religieux de Saint-Lô, qui attendaient dans l'église qu'on
les appelât pour donner leur avis, en cas d'indécision du chapitre,
demeurèrent paisiblement dans leurs stalles. L'élection était faite.
Chaque chanoine écrivait son vote, et quand l'archevêque eut achevé
de dépouiller le scrutin, tous les bulletins portaient le nom de Donat.

L'archevêque le transcrivit sur une feuille de parchemin, scella
ce cartel d'élection de cire verte, y apposa le sceau du chapitre, puis

le messager sortit et alla chercher le chapelain de Saint-Romain qui se tenait à la disposition du chapitre.

Ledit chapelain, en robe, surplis, aumusse et bonnet, quitta la métropole, précédé du coutre de l'église et d'un clerc de l'œuvre. Il allait signifier au parlement le choix des chanoines de Notre-Dame.

Tandis que s'accomplissait cette formalité, les chanoines se réunirent dans la salle où Fulgence leur offrait un modeste festin, obligation fraternelle et amicale à laquelle se trouvait soumis, chaque année, le dernier prêtre promu au canonicat.

Le digne Aloys Le Bouteiller, devant célébrer la messe solennelle terminant les cérémonies du jour du prisonnier, s'approcha de la table, récita le bénédicité; puis, saluant ses confrères, il se retira à pas lents.

Mais, tandis qu'il passait près de Fulgence, il se baissa vers son fils d'adoption pour lui dire :

— Je mourrai content : j'ai élevé un saint!

Le repas fut presque silencieux. Une indicible émotion bouleversait les âmes. Fulgence jouissait de la victoire remportée; mais il gardait sur le front la pâleur que l'austérité et l'oraison mettent sur le visage émacié des moines, la torture sur la face des martyrs.

Aloys Le Bouteiller reparut au moment de réciter les grâces; une joie lumineuse inondait le cœur du vieillard, et l'empêchait de souffrir, à cette heure, des rigueurs d'un jeûne qui aurait dû l'épuiser.

Tandis que se passaient, dans la salle capitulaire, les cérémonies que nous venons de décrire, des scènes non moins imposantes avaient lieu au palais du parlement.

Dès huit heures, messieurs du parlement, en robes rouges, sortirent de la salle du conseil, précédés par quatre huissiers en robes violettes et escortés par des capitaines d'arquebusiers, en armes et habits d'ordonnance.

Ils descendirent par la grande chambre dorée, et gagnèrent l'extrémité méridionale de la salle des procureurs, où se trouvait la chapelle du parlement.

La grande chambre était décorée de merveilleuses tapisseries, et des bancelles fleurdelisées attendaient messieurs du parlement.

Le prieur de Saint-Lô officiait en grande pompe, accompagné d'un diacre et d'un sous-diacre, tandis que la maîtrise de la métropole faisait entendre ses plus beaux motets, avec accompagnement d'orgue, de violes et de rebecs.

On appelait cette messe *la messe du Prisonnier*.

La journée toute entière appartenait à l'élu de saint Romain : le chapitre, le parlement, l'armée, les étrangers, le peuple, la bourgeoisie ne songeaient qu'à ce héros de la fête des Rogations. Des agapes joyeuses réunissaient les membres du bailliage, de la vicomté de l'eau, du parlement, de la cour des comptes, afin de se « resjoyr ensemble sur le rachap et miséricorde de Dieu répandue sur le paoure criminel. » Et, dans toute la ville, il n'y avait « bourgeoys, tout paoure fust-il, qui ne s'esgayast de cette grande et exubérante grâce divine. » Dès que la *messe du Prisonnier* était achevée, le parlement dînait. Durant le temps du repas, la cinquantaine et la compagnie des arquebusiers avaient grand'peine à retenir la multitude impatiente se pressant aux abords du palais, afin d'apprendre au plus vite le nom du coupable gracié par le choix du chapitre.

Les deux heures réglementaires du dîner écoulées, le parlement entra en séance, et donna ordre d'introduire le messager du chapitre et le chapelain de Saint-Romain. Celui-ci déposa la lettre scellée par l'archevêque entre les mains du président, salua les membres du parlement, le vicomte et le bailli, et se retira à reculons.

Les portes de la salle étant fermées, le président décacheta le cartel et y trouva le nom de Donat.

L'étonnement fut grand. On connaissait l'affiliation du coupable avec les conspirateurs chargés d'enlever le duc de Normandie, la découverte d'un trésor composé d'un grand nombre de vases sacrés, trésor enfoui dans le caveau dont Jacquet livra le secret au mari de Huguette... Donat était regardé comme un routier dangereux, un indigne sacrilège... Mais ce que le parlement apprenait, par la confession du criminel, c'est qu'il s'était rendu coupable de l'assassinat mystérieux du comte de Châteauneuf et de son page.

Le président donna ordre d'aller quérir au greffe les pièces de la procédure, dont les « évangélistes » donnèrent lecture. Les pièces ouïes par les membres du parlement, le président expédia à la prison du bailliage quatre huissiers de la cour et le chapelain de Saint-Romain, lesquels, accompagnés par des soldats de la cinquantaine, devaient ramener au palais du parlement le prisonnier élu par le chapitre et dont le sort allait être décidé par l'approbation de la cour.

Au moment où le chapelain quitta le palais, la foule cria comme une seule voix :

— Son nom, son nom ?

— Messire, pour l'amour de Notre-Dame, qui va jouir du privilège ?

Une femme fendit la foule, et, en dépit des soldats de la cinquantaine qui s'efforçaient de la retenir, elle s'agenouilla devant le prêtre, dont elle porta la robe à ses lèvres :

— Son nom... fit-elle, j'attends et je meurs...

— Relevez-vous, ma fille, dit le prêtre en la soutenant avec bonté, et fasse le ciel que le prisonnier que je vais chercher au bailliage soit celui que vous attendez.

— Donat ? demanda-t-elle en levant un regard fou sur le chapelain.

— Oui, Donat ! répondit le chapelain à voix haute, sauf l'approbation de Messieurs du parlement.

Huguette se releva d'un bond ; elle ne souffrait plus de ses blessures, elle avait désormais la force de se tenir sur ses pieds, mal enveloppés de bandages saignants ; des larmes brûlantes roulaient dans ses yeux, sa bouche riait, et ses lèvres buvaient ses pleurs, tandis que, les mains jointes, elle rendait au ciel des actions de grâces dont le Seigneur connaissait seul la sublime éloquence. Elle ne songeait plus que l'homme dont elle s'avouait la femme se trouvait sous la main de la justice, que ses crimes la couvraient d'une ombre déshonorante, elle, la créature dévouée et pure entre toutes... Non ! elle apercevait toutes grandes ouvertes au-dessus de son front les ailes de l'ange de la miséricorde et, sous cet abri divin, elle marchait le front levé, le visage brillant d'espérance.

— Oh! murmura-t-elle, je savais bien que je le sauverais!.. La Vierge dont j'ai visité les sanctuaires ne pouvait me refuser cette grâce... Et ce n'est point seulement la vie de Donat qui m'est octroyée; son âme aussi me sera rendue, cette âme payée des douleurs de mon âme et du sang de ma chair...

Enfin les portes de la prison du bailliage s'ouvrirent, et, tandis que les soldats essayaient d'en interdire l'entrée à la masse grouillante du populaire, le chapelain de Saint-Romain et les huissiers dont il était accompagné disparaissaient dans les sombres couloirs.

Huguette les suivit, haletante; elle ne marchait plus, elle se traînait le long des murailles : ses lèvres prononçaient des mots sans suite, ses yeux brillaient d'une joie surhumaine; avant les huissiers, avant le prêtre, elle était dans le cachot, pleurant sur les fers de Donat, qui tremblait.

Allait-on lui rendre la lumière, la liberté, son enfant?

Sa femme était là, sa femme souriait : c'était la vie !

D'un brusque mouvement, dont l'éloquence fut comprise de tous, Donat attira sur sa poitrine celle dont si longtemps il avait brisé le cœur par sa dureté, et, tandis que ses bras enchaînés la pressaient, deux larmes, deux grosses larmes roulèrent sur le front d'Huguette.

— Venez, dit doucement le prêtre, Messieurs du parlement vous attendent.

Donat gravit lentement les marches allant du cachot à la salle du parquet, puis il avança vers la grande baie de la porte.

Quand il vit le ciel d'un bleu intense, la foule palpitante, quand il entendit les bourdonnements des grandes cloches, les cris de « Noël! » éclatant à sa vue, quand il saisit des mains d'hommes et de femmes tendues vers lui en signe d'amitié, de réjouissance, d'allégresse, un si grand orage intérieur le bouleversa, que les palpitations de son cœur s'arrêtèrent.

Tous les battants des cloches de Rouen frappaient ses oreilles, les clartés du soleil brûlaient ses yeux; la vie, dont on lui rendait la possession avec un éclat de fête et des cantiques de joie, lui afflua au cœur, et sans l'appui du prêtre il serait tombé à la renverse.

— Courage! lui dit celui-ci! reprenez des forces; la journée est longue, et vous avez besoin de toute votre énergie pour en supporter les émotions et les fatigues.

Huguette se mit à son côté, et le cortège reprit la route du palais.

Donat fut obligé de s'arrêter à la conciergerie, où son nom devait être enregistré; puis il pénétra dans la grande chambre du parlement, où le flot du peuple le suivit : car, à partir de cette heure, les délibérations cessaient d'être secrètes.

En entrant dans la salle, Donat tomba sur les genoux, et tendit vers les membres du parlement ses bras chargés de fers.

On le fit s'asseoir sur la sellette, et, avec toute la solennité d'une instruction judiciaire, on l'interrogea sur les crimes dont il s'était rendu coupable.

Le malheureux, vaincu moins encore par la justice que par sa conscience, ne cacha rien de la vérité. Il dit sa jeunesse à demi vagabonde, sa facilité pour le travail combattue par une invincible paresse. Il parla des premiers temps heureux de son mariage, pendant lesquels, exerçant l'état de taillandier, il gagnait largement sa vie. Puis il peignit l'entraînement progressif auquel il avait cédé; son goût pour le braconnage dégénérant en passion; la haine qu'il s'était sentie contre le comte de Châteauneuf; le crime qui fut la suite de cette haine.

— Je demande pardon à Dieu et aux hommes, dit-il en terminant; j'implore la clémence de Monseigneur le duc de Normandie; je supplie la femme dont j'ai fait une martyre d'oublier les chagrins et les hontes qui lui viennent de moi...

Huguette sourit au milieu de ses pleurs.

Le président se leva :

— Faites retirer le prisonnier, dit-il.

Donat sortit à pas lents, traînant encore à l'une de ses jambes les chaînes dont il restait chargé.

Quand le condamné eut disparu, l'avocat-général rappela les lourdes charges s'élevant contre lui; les membres du Parlement délibérèrent, et Donat fut ramené à sa première place.

Le président reprit la parole, et, dans un discours plein de force, il retraça au mari d'Huguette l'énormité de ses crimes : « Vous avez

tué la créature de Dieu, dit-il, et vous ne la sauriez ressusciter ! »
Puis, cette semonce terminée, sur l'ordre de l'huissier, le condamné
et l'auditoire se tinrent debout, afin d'entendre le prononcé de
l'arrêt.

En ce moment encore, Donat pouvait retomber sous l'implacable
main de la justice ; le parlement avait le droit de refuser le *privilège de la fierte* à un condamné qu'il en jugeait indigne et de prier
le chapitre de reporter son choix sur un autre.

Le mari de Huguette tremblait de tous ses membres ; le populaire,
qui s'écrasait dans la salle, était sous le coup d'une violente émotion ; un silence effrayant régnait dans cette foule.

Le président dit d'une voix solennelle :

— Donat, si criminel que vous soyez, le parlement vous déclare
admis à jouir du privilège de saint Romain, afin d'honorer par
cette faveur le grand exemple de miséricorde donné par messire
Fulgence de Châteauneuf, dont le père fut traîtreusement assassiné
par vous...

— Lui ! c'était bien lui ! s'écria Donat en se souvenant du jeune
prêtre dont l'émotion avait été si violente en écoutant la confession du misérable dans les prisons du bailliage.

— Fulgence ! dit Huguette avec l'expression d'une reconnaissance
passionnée, que le Sauveur, qui pardonna à ses bourreaux, vous
donne une part de sa gloire !

À peine le président eut-il prononcé l'arrêt du parlement, qu'une
acclamation, dont rien ne saurait rendre l'enthousiasme, éclata
dans la salle.

À partir de cette heure, Donat était véritablement l'élu, le héros
de la fête ; le peuple, qui l'entourait et s'étouffait pour le mieux voir,
ne le quitterait plus jusqu'à la fin de cette journée, dont les multiples stations auraient lieu aux endroits les plus marquants de la
ville.

Toujours accompagné des huissiers et du chapelain de Saint-Romain, que les arquebusiers et un groupe de soldats de la cinquantaine protégeaient contre la curiosité des masses, suivi par Huguette,
qui murmurait à son oreille des paroles de consolation et qui ne semblait plus ressentir les cruelles blessures de ses pieds déchirés à

tant d'épines et de ronces, Donat gagna la place de la Vieille-Tour, et monta dans la maison du Hallage.

Au premier étage se trouvait disposée une chambre à demi parée en chapelle. On servit au malheureux un peu de pain, de vin, des herbes aromatiques; puis le chapelain de Saint-Romain détacha lui-même les carcans des chaînes, les enroula autour d'un des bras du captif, et « bailla au geôlier cinq sols pour les fers dudit prisonnier », afin de les conserver comme une offrande au glorieux confesseur patron de la ville.

Les huissiers se retirèrent, le bruit d'une porte donnant sur la chambre voisine se fit entendre, le chapelain de Saint-Romain et les membres de la confrérie se reculèrent avec respect : Fulgence de Châteauneuf venait d'entrer.

Sur un signe du jeune chanoine, on le laissa seul avec l'homme dont il avait héroïquement sauvé la vie.

Le peuple était massé sur la place. (*Voir page 183.*)

XVI

LE JOUR DU PRISONNIER (*suite*)

En ce moment, Donat, les coudes appuyés sur la table, écrasé
par les émotions de terreur et de joie qui se succédaient dans son

âme depuis quelques jours, paraissait étranger à tout ce qui se passait autour de lui. Une main légère, effleurant son épaule, le fit tressaillir : il leva les yeux.

— Son fils ! dit-il en reconnaissant le jeune chanoine, vous êtes son fils !

Il tomba sur ses genoux, écrasé de honte, sanglotant de repentir. Fulgence se pencha vers lui et l'attira sur sa poitrine.

— Mon frère ! dit-il, mon frère !

Et le prêtre versa des larmes de joie en accueillant la brebis égarée qu'il rapportait au Seigneur sur son épaule meurtrie.

— Pardon ! disait Donat au milieu de ses sanglots... Aujourd'hui, je donnerais mon sang pour rappeler votre père à la vie...

— Donat, répondit Fulgence, ce père bien-aimé jouit sans doute de l'éternelle paix de Dieu... S'il fallait une justification à son âme, mes pénitences lui auront été comptées et la victoire remportée sur ma douleur augmentera les rayons de sa gloire... Restez les genoux en terre, sanglotant et brisé, non point devant l'orphelin de Châteauneuf, mais devant le prêtre qui va vous absoudre... J'ai racheté votre vie, j'ai droit à votre âme ! J'ai assez pleuré sur un tombeau pour que vous me réjouissiez par votre repentir... Le fils oublie... Le ministre du Sauveur vous écoute...

Pendant un moment, on n'entendit dans cette petite pièce isolée, autour de laquelle le peuple ondulait comme une mer, que le bruit indistinct des sanglots ; puis, lentement, les pleurs s'apaisèrent ; le coupable retrouva des mots entrecoupés pour commencer sa confession ; il l'acheva en frappant sa poitrine.

— Je t'absous ! lui dit Fulgence en posant ses mains tremblantes sur le front de Donat ; rentre dans la voie de lumière, de vérité et de vie... retrouve ta part d'héritage divin, de bonheur terrestre... Je rends à ton âme l'innocence des premiers jours au nom du sang de Jésus qui coula pour nous sur le calvaire...

Puis Fulgence ayant embrassé Donat, dont le visage pacifié brillait de la joie du pardon, les membres de la confrérie rentrèrent, et enlevant au prisonnier ses vêtements flétris le revêtirent d'un costume complet.

Tandis que ceci se passait, le parlement faisait prévenir le chapitre que « le prisonnier était libre et sur le *cartel* (pavé) du roy ».

Immédiatement, l'archevêque ordonna de sonner en branle la grosse cloche de la cathédrale, et l'on commença à chanter *Tierce* au chœur.

Alors s'ouvrirent toutes grandes aux yeux de la multitude les portes de la salle capitulaire, et le peuple qui se pressait aux abords put voir l'archevêque tenant une baguette à l'extrémité de laquelle étaient fixées les confessions des criminels qui n'avaient pas été admis à jouir du privilège de Saint-Romain. L'une après l'autre, ces confessions furent brûlées à un flambeau placé au centre d'une lourde table de pierre occupant le milieu de la salle capitulaire ; l'archevêque en conserva une seule : celle de Donat ; elle devait servir de texte à l'une des semonces qui lui seraient adressées.

Le *Te Deum* fut entonné par le prélat ; puis, précédée par des hommes d'armes à cheval, la procession, se déployant en bel ordre, commença à sortir par le *Portail des Libraires*, au milieu du peuple massé sur la place où s'élevait une chapelle dédiée à Saint-Romain. Au moment où elle quittait la métropole, le clergé chantait les répons : *Ascendit Deus in jubilo!*

Descendant avec lenteur la rue Saint-Romain, elle s'arrêta au portail de Saint-Maclou, devant lequel se tenaient trois enfants de chœur dont les deux premiers portaient de lourds chandeliers d'argent, dans lesquels brûlaient des torches de cire, tandis que le dernier présentait l'encens aux membres du chapitre.

Puis la procession, suivant la rue Malpala, arriva devant Saint-Augustin, tourna par la rue des Halles, et, descendant à gauche, entra sur la place de la Vieille-Tour, où elle devait faire sa plus longue station.

Au moment où les chants des prêtres parvinrent jusqu'à Donat qu'entouraient les membres de la confrérie de Saint-Romain, le prisonnier descendit l'escalier de la maison du Hallage, et pénétra dans l'étroite chapelle de Saint-Romain où se trouvait la *fierte*.

Il fallut attendre un moment que le duc Charles de Normandie, qui se trouvait dans une des salles du palais, eût pris place avec sa suite dans la chapelle à quelque distance de la châsse éclatante d'or et de pierreries.

Le frère de Louis XI venait de s'agenouiller sur son prie-Dieu, quand les membres de la confrérie introduisirent Donat.

La *fierte*, posée sur une table recouverte d'une nappe aux riches broderies, se trouvait munie de doubles bâtons que le condamné placé en avant, devait poser sur ses épaules, tandis qu'un diacre soulèverait de l'autre côté la châsse de l'évêque de Rouen.

A peine Donat eut-il pénétré dans la chapelle de la place de la Vieille-Tour, chapelle étincelante des feux de milliers de cierges et parfumée d'encens, que, se précipitant vers la châsse, il la couvrit de baisers, étouffant dans ses sanglots l'expression de sa reconnaissance.

Avant que le malheureux à qui saint Romain rendait la liberté eût soulevé la *fierte* de son libérateur, l'archevêque, prenant la parole, arracha aux témoins de cette scène des larmes d'attendrissement par un discours tout dévot qu'il adressa à la foule ; il engagea ensuite Donat à renouveler l'aveu de ses fautes, et celui-ci frappa trois fois sa poitrine...

Donat se trouvait alors à genoux et placé de telle sorte que les montants de la *fierte* touchaient ses épaules ; il se souleva légèrement, la châsse d'or trembla ; la foule poussa une acclamation joyeuse, le clergé entonna le *Misereatur... Indulgentiam*, et Donat, encouragé, se levant un peu plus, la châsse cessa de toucher à la table sur laquelle elle se trouvait placée ; enfin, par un dernier effort, qui était en même temps le dernier point du cérémonial de la « levée de la *fierte* », Donat se trouva debout, et la châsse se tint en équilibre, soutenue qu'elle était en arrière par un chapelain de Saint-Romain.

Au même moment, Fulgence plaça sur le front de Donat le « chapel de roses blanches », emblème de son innocence retrouvée et de sa liberté reconquise.

Alors ce ne furent plus des chants qui éclatèrent, mais des cris, des « noëls ! » comme le peuple en répète le jour de l'entrée des rois dans leurs bonnes villes ; de toutes les fenêtres des maisons neigeaient des fleurs sur la châsse ; les prêtres en chapes d'or, le cortège ducal, et les sept prisonniers graciés les années précédentes, et qui devaient durant sept années suivre le cortège une torche de

cire à la main, faisant escorte à celui de leurs frères qui jouissait
à son tour de la même faveur.

Le peuple acclamait les prisonniers qui, autrefois, avaient été
eux aussi héros de la fête de l'Ascension, les privilégiés du chapitre, les élus du bienheureux saint Romain.

La procession reprit sa marche désormais triomphale en chan-
tant *Felix dies mortalibus*, et suivant la rue de l'Épicerie tendue de
toiles à voiles, décorée de tapis, elle entra dans la rue de la Ca-
lande, dont les toits des maisons croulaient sous la masse des
curieux, se déroula dans la rue du Change étalant les merveilleuses
tapisseries suspendues devant les logis, et s'avança enfin vers le
parvis de Notre-Dame.

On se fait difficilement une idée d'une semblable fête, d'une
pompe excitant des émotions si diverses d'enthousiasme et de sensibilité. Des larmes humectaient les yeux de ceux qui chantaient
les hymnes sacrées ; le parfum de l'encens, la pluie de fleurs, les
flammes des torches, l'éclat d'un ciel d'azur, brillant d'une beauté
incomparable, tout concourait à faire de cette procession la plus
touchante que l'on pût voir au riche et gracieux pays de France.

D'abord s'avançaient les quatre écoles des pauvres, composées
chacune de trente enfants, et portant des croix de bois décorées de
guirlandes ; derrière eux venaient des prêtres habillés d'aubes,
précédés d'une croix, d'une bannière, de deux chandeliers proces-
sionnels, et portant sur leurs épaules la châsse de saint Blaise, aux
deux côtés de laquelle marchaient quatre laïques tenant des torches
de cire parfumée ; les membres de la corporation des peigneurs de
laine suivaient deux par deux, recueillis, un bouquet à la main. A
leur suite venait le clergé de Saint-Hildebrand, portant la châsse
du saint ; celui de Saint-Godard suivait, escortant les châsses do-
rées de sainte Ursule et de saint Jean.

Les prêtres de Notre-Dame-de-la-Pitié entouraient avec grande
révérence les reliques de saint Lô ; la châsse ployait sous le poids des
chaînes d'or et des colliers de perles dont l'avait ornée la corporation des marchands d'oranges à laquelle elle appartenait. Puis venait la Charité de Saint-Gervais, avec la châsse du saint élevant ses
clochetons et ses tours de bois doré, comme une basilique en mi-

niature, les châsses de saint Sébastien, et les chapelains de Saint-
Sever entouraient avec une grande vénération une châsse devant
laquelle le peuple se signait avec une dévotion touchante : les bon-
netiers et les chapeliers l'accompagnaient ; enfin les châsses de tous
les saints et de sainte Anne complétaient cette suite rutilante de
reliquaires sur lesquels jouaient les rayons d'or du soleil.

La cinquantaine s'avançait gravement, et rien ne saurait rendre
la dignité fière des cinquante bourgeois de Rouen revêtus de leurs
amples casaques de velours vert. La confrérie des sergents, précédée de son antique bannière, marchait en avant du *dragon* de Notre-
Dame, immense machine d'osier recouverte de toile peinte, et surmontant une image de la Vierge Marie foulant aux pieds l'ennemi
du genre humain. Dans la gueule du dragon, le bedeau avait eu
soin de placer le plus gros poisson pêché la veille sur la côte normande. Immédiatement après se pressait la masse des chanteurs
et musiciens faisant retentir l'air de pieux cantiques ou des sons
d'une éclatante fanfare ; ils portaient les livrées des maîtres de la
confrérie de Notre-Dame, avec ses armoiries peintes sur une en-
seigne de taffetas ayant environ un demi-pied carré.

Alors paraissait la châsse de Notre-Dame renfermant la chemise
et les cheveux de la bienheureuse Vierge Marie, et sur laquelle se
projetait l'ombre de deux bannières richement brodées représentant
l'image de la très-sainte Mère de Dieu.

Des enfants de chœur, chargés d'énormes bouquets au milieu
desquels disparaissaient leurs têtes charmantes, suivaient la châsse
sacrée.

On voyait enfin s'aligner en une file immense deux cents ecclé-
siastiques de la ville de Rouen, les dignitaires du chapitre, les con-
seillers du parlement en robes de soie rouge, enfin le chanoine officiant, messire Loys Le Bouteiller, précédant l'archevêque.

Le duc de Normandie, ayant à sa droite messire Jehan de Lorraine, et suivi d'un grand nombre de fiers seigneurs Normands et
Bretons, marchait recueilli, tandis que, sur ses pas, se pressaient
le parlement, la cour des comptes, la cour des aides, l'hôtel de ville,
les compagnies de corps et les communautés.

Un large espace séparait ces hauts dignitaires de la confrérie des

Gargouillards, dont le bedeau portait la GARGOUILLE enluminée à nouveau pour la solennité, et tout à fait épouvantable à voir. Le peuple saluait son apparition par des cris, des malédictions, des invectives, et à ce bruit confus s'unissaient des glapissements étranges ou des grognements sourds, parce que le bedeau des Gargouillards avait jugé facétieux de placer dans la gueule du monstre un jeune renard et un petit porcelet furieux.

Quand elle fut arrivée au parvis de la cathédrale, la procession s'arrêta, Fulgence et un second chanoine, revêtus d'aubes, montèrent à la tour Saint-Romain, et entonnèrent du haut de la galerie le *Viri Galileæ, quid quæritis?*

Pendant ce temps, Donat et un chanoine maintenaient la *fierte* devant le portail de Saint-Romain, et le peuple passait sous la châsse sainte avant d'entrer dans la cathédrale.

Dès que la foule se fut écoulée, Donat et le prêtre qui lui aidait à soutenir le saint fardeau pénétrèrent dans la cathédrale, et les chapelains replacèrent sur l'autel la châsse du saint pontife.

Alors, tandis que l'on commençait *prime*, Donat fut conduit dans le chœur de la basilique et entendit le discours ému de l'archevêque le conviant à une meilleure vie et l'exhortant à rendre grâce au Dieu des miséricordes, dont il recevait l'effusion, au nom d'un de ses élus.

Humblement et pieusement, le prisonnier alla faire une génuflexion d'abord devant le grand-chantre, puis devant chacun des chanoines, en commençant par le doyen; chacun d'eux lui adressa une parole encourageante rappelant la joie du ciel lors de la conversion d'un pécheur, la patience du bon Pasteur cherchant les brebis égarées, la tendresse du père de famille ouvrant ses bras à l'enfant prodigue.

Quand cette cérémonie fut achevée, Messire Aloys Le Bouteiller, remplaçant l'archevêque que son extrême faiblesse empêchait ce jour-là d'officier pontificalement, monta à l'autel en grande pompe.

Il était neuf heures du soir. La nuit remplaçait l'éclatante lumière de la journée, mais dans l'immense vaisseau de Notre-Dame il faisait jour encore, un jour éclatant, sidéral. Des lampes et des torches répandaient dans la basilique des clartés inattendues, au milieu desquelles rayonnait le grand autel couvert de statues d'or et la châsse

de saint Romain ; les broderies d'or des bannières, des dalmatiques,
les reliefs merveilleux des chapes, autour desquelles couraient en
broderies de pieuses légendes, la beauté des fleurs en bouquets et
en gerbes, mêlant leur parfum à celui de l'encens, cette foule rutilante de brocarts et de pierreries formaient un ensemble dont aucune splendeur ne pourrait donner l'idée.

Tandis qu'au grand autel on célébrait la grand'messe du jour de
l'Ascension, Donat, conduit dans la chapelle de la Vierge par les
confrères de Saint-Romain, entendit une messe basse que le chapelain célébra pour lui seul ; Huguette resta près de l'autel, à côté du
malheureux qui succombait aux émotions et aux fatigues de cette
journée. Au moment de l'offertoire, il se leva et alla embrasser la
patène. Alors l'officiant déroula les chaînes que le prisonnier conservait jusqu'à cette heure entortillées autour d'un de ses bras, et
Donat les plaça dans un grand bassin : offrande du captif à son libérateur céleste.

— Le grand pénitencier vous donnera demain une absolution
dernière, dit le chapelain ; allez en paix !

La grand'messe s'achevait en ce moment au chœur, et la foule
s'écoulait lentement, sans abandonner les environs de la cathédrale, car elle tenait à accompagner Donat à la vicomté de l'eau.
La procession ne tarda pas à se reformer, et, descendant la rue aux
Ours, elle gagna la cour de la vicomté, magnifiquement tendue de
serges à personnages et autour de laquelle se pressaient les curieux qui avaient obtenu la faveur de voir de près le prisonnier.

Donat dut entendre une lecture sommaire de la procédure, formalité qui restait pour lui sans importance et dont le cérémonial
avait uniquement pour but de conserver les vestiges de l'ancien-
neté de la juridiction de la vicomté.

On servit à Donat épuisé une légère collation ; puis, libre cette
fois d'une façon absolue, il se vit soulever sur les robustes épaules
des confrères de Saint-Romain qui, après avoir fait une station à
l'église de Bonne-Nouvelle, le portèrent triomphalement dans toute
la ville au bruit des cloches, au son de la musique, continuant son
concert devant le portail de Saint-Romain, aux cris de « Noël »,

aux acclamations du peuple, et au milieu d'une ivresse générale
dont rien ne saurait donner l'idée.

Donat ne pouvait encore habiter le logement que le chanoine Le
Bouteiller lui accordait dans sa maison ; le prisonnier de la *fierte*
devait passer cette nuit dans la maison du prévôt.

Une seule pensée troublait la joie chrétienne d'Ogive et le contentement de Huguette : que dirait Donat à Dizier ?

Il avait été impossible de cacher complètement à l'enfant que son
père était l'objet d'une faveur qui lui sauvait la vie, et Huguette
tremblait que le respect filial s'affaiblît dans l'âme de l'enfant.

Mais Dizier avait été formé à la sévère école des larmes ; rarement il avait vu s'épanouir les lèvres de sa mère, et souvent il
effaça ses pleurs sous des baisers... Tout petit, il comprit avec
une sagacité merveilleuse que sa mère souffrait, et presque en
même temps il devina d'où lui venait sa souffrance. Il garda pour
lui ce cruel secret, ne se croyant pas le droit de plaindre tout haut
celle qui gardait un généreux silence. Il s'appliqua seulement à
consoler par sa tendresse la mère qui étouffait sa souffrance avec
un courage surhumain, et bien vite il comprit que Huguette re-
naissait lentement à l'espérance en le voyant travailler de grand
cœur et grandir en raison d'une façon précoce.

Dizier apprit vaguement l'affaire de la conspiration de Dampmartin : elle gardait un côté politique suffisant pour enlever à
l'arrestation de Donat ce qu'elle avait de honteux et de redoutable.

Le jour de l'Ascension, Dizier comprit seulement qu'un terrible
mystère enveloppait pour lui une phase de la vie de son père.
Mais, au moment où peut-être il en eût trop appris pour son repos,
Fulgence, avec la sublime prévoyance de la charité, fit mêler
Dizier aux enfants de chœur portant des bouquets près de la châsse
de Notre-Dame, et tout le jour l'enfant demeura au milieu du clergé,
admirant cette pompe solennelle, entendant chanter les saintes
hymnes de l'Église et respirant le double parfum des fleurs et de
l'encens créant autour de lui une atmosphère de paradis.

Huguette et Donat se trouvaient dans la chambre de la maison
du prévôt quand Ogive se dirigea de ce côté, accompagnée par
Dizier.

L'enfant paraissait grave, et la sœur du chanoine le regardait avec une sorte d'angoisse.

Elle lui prit la main au moment où tous deux traversaient le couloir.

— Venez, dit-elle doucement à Dizier.

Un bruit de voix émues, de pleurs mal étouffés, parvint à l'oreille du fils de Huguette.

Il étendit la main vers une porte :

— C'est là ? demanda-t-il d'une voix tremblante.

— Oui, répondit Ogive plus bas.

Mais, vainement, la sœur du chanoine tenta de retirer sa main, le jeune écolier la serra davantage, et, ouvrant la porte, il resta une minute debout sur le seuil.

Donat tenait Huguette pressée avec force sur sa poitrine, et, à voir le bouleversement de ses traits et sa violente émotion, il était facile de comprendre qu'un suprême pardon venait de lui être accordé par sa femme.

Dizier adressa un faible sourire à la sœur du chanoine ; puis, d'un pas lent et son beau front levé vers le ciel, il marcha vers Donat, et s'agenouillant devant lui :

— Mon père, dit-il d'une voix d'ange, bénissez-moi !

Un cri de joie de Donat répondit à cette prière ; le malheureux releva l'enfant et le couvrit de baisers fous, tandis que, sa main pressant en silence la main de Huguette, il la remerciait avec une ardente éloquence de lui avoir conservé l'amour et le respect de son fils.

Huguette et Dizier quittèrent, avec Ogive, la maison du prévôt.

Donat dormit jusqu'à l'heure matinale où le chapelain et les membres de la confrérie vinrent le chercher pour le conduire à la salle capitulaire.

Prenant pour texte sa confession faite dans la chambre du parquet, le premier jour des Rogations, le doyen lui adressa une semonce, et, après l'avoir « grandement increpé », il lui fit étendre la main sur le livre d'évangiles et jurer de mener dorénavant une bonne vie.

Ce à quoi Donat ajouta cette autre promesse de suivre pendant sept années à Rouen la procession de la *fierte* de Saint-Romain.

Tandis que l'on commençait *Prime* au chœur de la cathédrale, Donat fit solennellement le tour de l'église, et revint dans la chapelle de Saint-Pierre et Saint-Paul où l'attendait le grand pénitencier qui le confessa et lui donna une absolution générale. On mena ensuite Donat, toujours avec la même pompe, à la maison du grand-prévôt, et un magnifique déjeuner lui fut offert.

Aloys Le Bouteiller et Fulgence s'y trouvaient. C'était le repas d'adieu, l'agape fraternelle prouvant au captif qu'il rentrait dans tous ses droits sociaux, et que nul ne garderait plus souvenir de ses fautes.

Après les grâces, Donat remercia humblement le chapelain, le maître et les membres de la confrérie, déposa entre leurs mains sa couronne de roses blanches, et reçut en échange un chaperon neuf.

Aloys Le Bouteiller et Fulgence de Châteauneuf le ramenèrent ensuite près d'Ogive, qui le conduisit dans le modeste appartement que Dizier et sa mère occupaient sous les combles de la vieille maison.

— Soyez heureux! lui dit Fulgence; le sang du Sauveur a lavé vos fautes, et les hommes les ont oubliées!

— Mon Père, fit Donat en pliant le genou devant le jeune prêtre dont le visage était d'une mortelle pâleur, acceptez le dévouement d'une vie que vous avez sauvée.

— Donat, fit le chanoine... mon royaume n'est pas de ce monde... Vous irez avec Huguette remercier Messieurs les membres du parlement et les dignes chanoines de Notre-Dame, suivant l'usage; quant à moi, vous ne me devez rien... Le serviteur n'est pas plus grand que le maître... Rendez Huguette heureuse, je ferai de Dizier un homme et un chrétien.

Mais, quoiqu'il tentât de se dérober à la reconnaissance de la famille sauvée par lui, Fulgence sentit sur ses mains les baisers et les larmes de Dizier, et se vit entourer par Donat et sa femme, élevant vers lui des visages rayonnants de joie et cependant inondés de pleurs.

— Bienheureux ceux qui pleurent, parce qu'ils seront consolés! murmura le prêtre.

Alors il lui sembla entendre chanter loin, bien loin de lui, dans les hauteurs où planent les anges, cette parole apprise aux hommes sur la montagne où Jésus enseignait :

— Bienheureux ceux qui sont miséricordieux! Tous les martyrs ne donnent plus leur sang, et Dieu compte les difficiles victoires... Tu viendras vite à nous, Fulgence, et déjà nous tendons vers toi nos bras chargés de palmes et de couronnes.

FIN